The Berserker Rises to Greatness.

黒の召喚士 〈13〉

迷井豆腐

Illustration ダイエクスト、黒銀(DIGS)

「久しぶりだね。ケルヴィン君」
リオルド
Riord

黒の召喚士 13

竜王の加護

迷井豆腐

OVERLAP

The Berserker Rises to Greatness.

登場人物

ケルヴィン・セルシウス

前世の記憶と引き換えに、強力なスキルを得て転生した召喚士。
強者との戦いを求める。二つ名は『死神』。

〈ケルヴィンの仲間達〉

エフィル

ケルヴィンの奴隷でハイエルフの少女。主人への愛も含めて完璧なメイド。

セラ

ケルヴィンが使役する美女悪魔。かつての魔王の娘のため世間知らずだが知識は豊富。

リオン・セルシウス

ケルヴィンに召喚された勇者で義妹。前世の偏った妹知識でケルヴィンに接する。

クロト

ケルヴィンが初めて使役したモンスター。保管役や素材提供者として大活躍！

メルフィーナ

転生を司る女神(休暇中)。
ケルヴィンの正妻を自称している。よく食べる。

ジェラール

ケルヴィンが使役する漆黒の騎士。リュカやリオンを孫のように可愛がる爺馬鹿。

シュトラ・トライセン

トライセンの姫だが、今はケルヴィン宅に居候中。
毎日楽しい。

アンジェ

元神の使徒メンバー。
今は晴れてケルヴィンの奴隷になり、満足。

ベル・バアル

元神の使徒メンバー。激戦の末、姉のセラと仲直り。天才肌だが、心には不器用な一面も。

シルヴィア

シスター・エレン捜索のため、奈落の地へと訪れている。
シュトラと和解できてうれしい。

エマ

大剣でぶった切る系女子にして、シルヴィアの冒険者仲間。
シュトラと和解できてひと安心。

神の使徒

エレアリスを神として復活させ、世界に降臨させることを目的に暗躍を続ける組織。現在は、ケルヴィン達と和解。

序列第1柱『代行者』

実名はアイリス・デラミリウス。
神の使徒として役立つ人材を転生させる、エレアリスの代行者。

序列第7柱『反魂者』

実名はエストリア・クランヴェルツ。
現在はシスター・リーアとして、シスター・アトラの護衛の任に就いている。

序列第4柱『守護者』

実名はセルジュ・フロア。
固有スキル『絶対福音』を持つ前勇者。
ケルヴィンらを奈落の地へと招待した。

序列第9柱『生還者』

実名はニト。
固有スキル『帰死灰生』を有しており、聖域への案内人を務める。

黒女神とその使徒達

クロメルを妄信し、世界の破壊を目論む集団。天空を翔ける巨大戦艦エルピスから全世界へ宣戦布告する。

クロメル

メルフィーナの憎悪を体現した存在。
その目的は今の世界を破壊し、ケルヴィンのための世界へと創り変えること。

序列第2柱『選定者』

実名は不明。
代行者のみが所在を知り得るらしいが、実際のところは定かではない。

序列第5柱『解析者』

ギルド長であったリオの正体であり、
実名はリオルド。
固有スキル『神眼』を有している。

序列第10柱『統率者』

実名はトリスタン・ファーゼ。
元トライセンの混成魔獣団将軍で、
固有スキル『亜神操意』を有している。

CONTENTS

イラスト／ダイエクスト、黒銀（DIGS）

第一章 ▼最終決戦に向けて

――エフィルの私室

目が覚めると見慣れた天井があった。エフィルの部屋の天井だ。ベッドに横になっているって事は、あれから死んだように眠ってしまったんだろう。ただ、寝起きだというのに頭は妙にスッキリとした感じだ。だからこそ、あの夢の出来事もハッキリと思い出す事ができる。いつぞやの時のように、朧気《おぼろげ》な記憶になっていないものかと少し不安だったが、余計な心配であったようだ。

「しかし、あの別れ方はないよなぁ……俺の古傷を抉《えぐ》ってきてるし、むしろ止《とど》めを刺そうとしているし」

何がとは言うまいよ、何がとは。あれはな、俺とエフィルだけの秘密の筈《はず》だったんだ。それがどこぞの剣翁が面白おかしく脚色してだな、俺達《たち》の思い出を――

「――ご主人様、おはようございます。起きられたのですね」

「……」

「……？　如何《いかが》しましたか？」

エフィルよ、行き成り現れるのは心臓に悪いよ。ちょうど君の顔を思い描いた時に現れると、流石《さすが》の死神さんも驚いちゃうよ。

「いや、何でもないんだ。それよりもエフィル、メイド服に着替えているようだが、もう体調は大丈夫なのか？」

「はい。ご主人様と一緒に眠って、すっかり良くなりました。これもご主人様のお蔭《かげ》ですね」

「俺にリオンみたいな力はないぞ？」

「ありますよ。少なくとも、私にとっては」

綺麗《きれい》な笑顔でそんな事言うなよ、俺が泣いちゃうだろうが……うん、もう剣翁の事なんて気にしない。ポエマーがなんぼのもんじゃい！

「でも、少し心配してしまいました。よく眠られていたようなのですが、なかなか起きる様子がなかったので……相当お疲れだったのですね」

「そんなに寝てたのか？　えっと、今何時だ？」

「そろそろ10時になるところです」

うわ、太陽がそこそこ高いと思ったら、大分寝過ごしたな。……いや、思い出せ。確かあの夢は、クロメルが目覚めるのに連動して覚めた筈だ。つまり、クロメルの奴《やつ》も今起床したという事。邪悪に染まってしまったクロメルも、メルっぽいところは変わらないらしい。おお、早速大ボスの弱点を発見してしまった。クロメル朝に弱い、と。

「お身体《からだ》の調子は問題ありませんか？」

「んー……大丈夫、問題ないよ」

腕を軽く回して、至って健康である事をアピールする。十分過ぎる睡眠を取ったお蔭なのか、昨夜の疲れは全く残っていない。

「ではご主人様、お着換えをお手伝いさせて頂きます」

エフィルがルンルンとご機嫌な様子で、綺麗に畳んだ服を持ってきた。ああ、うん。久しぶりにお世話できると、凄《すご》く幸せそうだ。

◇　◇　◇

――ケルヴィン邸・食堂
「――という事があってだな、戦力強化を図ろうと思う」

「いや、ちょっと待って。待ってくれ、王よ。唐突過ぎてワシの頭の理解が追い付かん……」

「えっと、えっと……」

「ケルヴィン、ちょっと待ってなさい！　色々と整理するから！」

「うーん、私も初耳な情報ばっかりだなぁ」

各地に散った仲間達を念話を使って集結させ、俺は夢の中での内容を打ち明けた。俺の前世、メルフィーナからクロメルが生まれてしまった経緯、隠す事なく全てを話した。これから決戦を控えているというのに、隠し通すなんて事は俺にはできない。幸い、ここにいるのは信頼の置ける仲間達だけだ。俺に迷いはなかった。

「へ～、エレアリスって結構ドジだったんだねぇ。というか、極悪?」

「……おい、セルジュ。何でお前がここにいるんだ?」

今気が付いたんだが、食堂の窓枠にセルジュが座っていた。お得意の固有スキルが働いていたのか、アンジェも今の今まで気が付かなかったと首を振っている。今まで外で盗み聞きしてやがったな、こいつ。

「まあまあ、減るもんじゃないし良いじゃない。戦力がいるんでしょ? 私も力になるよ」

「アンジェから聞いてはいたけど、かなり自由人なのな……」

「ハッハッハ! 君に言われたくないかな、ケルヴィン君」

発見されるや否や、当たり前のように食堂の席に座って輪に入り出すセルジュ。エリィをはじめとした使用人達も困惑気味だ。俺は大丈夫だと許可を出して、客人として迎えさせる。

「まあ正直なところ、セルジュが味方になってくれると助かるよ。だけど、1つ訂正しておこう。メルが俺を殺した件だけどさ、それってエレアリスがそうさせたんじゃなくて、世界のシステムがそうさせたみたいなんだ。エレアリスはそのシステムに従って、神の力を使っただけ。要はエレアリスが悪いんじゃなくて、この世界を造った初代様が悪い」

「むむ、ややこしい事を言うね……でも、そんな理由で黒い方のメルフィーナは納得するの？」

「納得も何も、その黒い方のメルと記憶を共有したメルがそう言ってんだよ。クロメルはもう、ただの邪念だけで行動しているんじゃないんだ」

実際、クロメルは数十年はエレアリスを恨み、それを糧として行動していた。が、それ以降はただエレアリスを貶《おとし》めるだけでなく、世界自体を改変して、俺が理想とする世界を実現させる事に注力するようになった。あいつの望みは、破滅ではなく改変なんだ。

「それで、ケルヴィンお兄ちゃん。戦力の強化って言ってたけど、具体的には何をするの？　レベルを上げるにしても、もう生半可な相手じゃ底上げできないと思うわよ？」

逸早《いちはや》く俺の話を理解してくれたシュトラ（ジェラールの要望で屋敷では幼い姿の方）が、その詳細について聞いてきた。シュトラの疑問は尤《もっと》もだ。悪魔、魔王、竜、使徒と様々な敵と戦ってきた俺達だが、これ以上の成長は生半可な相手では見込めそうにない。それこそ残りの竜王だとか、義父《グスタフ》さんクラスの敵でないと駄目だろう。だけどさ、強くなる為《ため》に必要なのは、何もレベルを上げる事だけじゃないだろ？

「今までと同様に、各地に出現する天使型モンスターは討伐していく。あれでも物足りないが、他のモンスターよりかは強いからな。ただ、これはレベルを上げる為っていうよりも、あくまで各国の安全を確保する為、腕を鈍らせないようにする為だ。戦力強化の意図は他にある」

「と言うと？」

「例えば、竜王から加護を与えてもらう」

「「竜王から？」」

皆が一斉に人化しているダハクや黄ムド、ボガに視線を向け出した。不意打ちを食らってか、野菜スティックや茶菓子を貪っていた2人は動揺、ボガは普通にビビっている。

「お、俺らッスか？」

「そう、お前ら。まあ、正確にはまだ会った事がない風竜王や雷竜王とかもいるんだけどさ、今は措いておこう。火竜王の加護を持っているエフィルの炎を見れば分かると思うが、加護のあるなしでは属性の威力・耐性が段違いなんだ。これはレベルとは違うところで、戦力の高さに直結する。もちろん、これはダハクとムドが良ければの話だ。竜王の加護が与えられるのは生涯に1人だけって事は知っているし、無理強いをするつもりもない。ただ、その上で納得してくれるのであれば、俺にダハクの大地の力とムドの光の力を与えて

ほしいんだ。だから2人には、よく考えてほし――」

「――へへっ、水臭いッスよ兄貴！　俺と兄貴は一心同体、お互い遠慮しねぇ仲じゃねぇッスか！　雑草刈りの時に誓い合った兄弟の盃《さかずき》、忘れもしねぇぜ！」

「私はエフィル姐《ねえ》さんのお手製菓子をお腹《なか》いっぱいで手を打つ。もちろん私と私と私の分、きっちり3回を要求する」

……えっと、草刈り時にそんな盃を交わした覚えがないんだが。まあ、そういう事にしておこう。ムドはムドでちゃっかり欲望を満たそうとしている辺り、実にムドらしい。しかし、全く迷わず付与してくれると答えてくれた事は、素直に嬉《うれ》しいな。

「あ、あの、おでの加護はどうすれば……？」

「ボガの火竜王としての加護か。うちのパーティで赤魔法を使うのはエフィルとリオンなんだけど、エフィルは先代のを持ってるし、リオンはあまり炎系統の魔法を使わないからな。そこでだ、ボガには会ってほしい人がいる」

「おでに？」

ジェラールが自分の事を頻《しき》りに指差していたが、ここは無視しておいた。

◇　◇　◇

──トラージ・とある僻地《へきち》

「ま、そんな訳でエマの相手をしてくれ、ボガ」

「わ、分かった……！」

「いやいや、一切合切分かりませんよ！　どういう事ですかっ!?」

響き渡るエマの大声を耳を塞ぐ事で防御する。俺とボガはトラージを訪れ、エマに会いに来ていた。理由は分からないが、トラージにてシルヴィアと共に滞在しているとの情報を耳にしたのだ。ふふっ、アンジェさんマジパネェ。

「大丈夫だって。この場所を使って良いって、ちゃんとツバキ様から許可は貰《もら》ってるから。ほら、直筆だぞ直筆」

ツバキ様から頂いた和紙には、人がおらず暴れても問題のない場所、つまりこの僻地での、あらゆる戦闘行為を許すと記されている。ついさっき、食通のツバキ様にお土産を沢山進呈したからな。これくらいのお願いなら、その場でちょちょいと書いてくれるのだ！

「そういう事じゃありませんよ！　何で私とあの方が戦う事になっているんですかっ！」

「お、おう。そこまでマジでキレられるとは思ってなかった。何か、すまん……」

「うう……おで、この人怖い……」

おかしいな。俺の知っているエマと、ちょっとだけキャラが違う気がする。以前から怒ったら怖いタイプかなとは思っていたけど、最早《もはや》それを隠す気がない感じだ。君、もっと冷静沈着で、ナグアを止めるツッコミ役的な立ち位置じゃなかったっけ？

「エマ、理由も聞かずに怒るのは駄目。まずは根気強く現状の把握に努めるべき」

「シルヴィア……えー、まあ、行き成り怒鳴ってしまった事は謝罪します。で、どういう事なんですか？　説明を要求します」

う、うん、俺の言い方も悪かったよね、反省。ただ、成り行きとはいえシルヴィアを連れて来て正解だった。彼女がいなかったら、エマは問答無用で帰ってしまったかもしれない。

「来たる決戦に備えて、可能な限り準備をしておきたいんだよ。エマ、この前の戦いで力不足を感じていたんだろ？　リオンから聞いたぞ」

「ぐっ！　リオンさんから情報を引き出すとは、卑怯《ひきょう》な……！　た、確かに私の実力不足は感じましたが、それとこれとは別の話です。第一、私達《たち》が次の戦いにも参加するなんて、まだ誰も宣言していないじゃないですか」

「えっ、そうなのか？　少なくとも、シルヴィアからは聞いていたけど？」

「……え？」

「ん、言った。エマは参加しないの？　世界の危機はお母さんの危機だよ？」

「……シ、シルヴィアをダシに使うのは狡《ずる》いと思います」

エマが渋々といった様子で、加えてジト目で俺を睨《にら》みながら降参した。いや、全然そんな気なかったし。最初から2人ともそのつもりなのかと思っていたし。エマの気分が変わらないうちに、さっさと説明をしてしまうか。いい加減ボガがビビりまくって、必死でデかい図体《ずうたい》を俺で隠そうとしている。

「参加の意思を確認した事だし、ちゃんとした説明をするとしよう。これもリオンからの情報なんだが、エマは戦闘で炎を使うんだろ？　あと大剣」

「太陽の鉄屑《ソルフォルム》をついでみたいに言わないでくださいよ……これでも歴《れっき》としたS級武器なんですから」

そう言うとエマは、何もなかった空間から大剣を出してみせた。まだ炎は纏《まと》っていない状態だが、その存在感は圧倒的だ。サイズだけならジェラールの得物ほどもある。

「悪い、また失言だったな」

「いいえ、確かに私にも非がありましたから。この性格を矯正しようと思って、普段は落ち着いた風を装っていたのに、まだまだですね……」

「ん、エマは大分丸くなった。昔はナグアよりも喧嘩《けんか》っ早《ぱや》んぐっ……」

「乙女の秘密ぅー！」

凄い勢いでエマがシルヴィアの口を塞いでしまった。ああ、分かっているさ。俺にだって空気は読める。これは聞かなかった振りをした方が良いんだな？

「さ、ケルヴィンさん。続けてください（ニッコリ）」

「あ、ああ……」

分かっていても何か怖いぞ、この子……！　ボガはもう、大分背後の岩陰にまでバックしてしまった。

「ええとだな、率直に言えば、エマに火竜王の加護を付与したい。シルヴィアの水竜王、そして氷竜王の加護みたいにな」

「……リオンさんから聞いていましたけど、やはりそちらの方は火竜王だったのですね。先代の暴れん坊はどうしたんですか？」

「何だ、先代の火竜王を知っているのか？」

「ええ、かなり昔に挑戦した事がありましたから。あの時は呆気《あっけ》なく負けて、命からがら逃げ出したんですけどね。それで、どうなったんです？」

……エフィルが調理して、ドラゴンステーキにして皆で美味《おい》しく頂いた、なんて言っても良いんだろうか？　宿敵は骨まで出汁《だし》を取られました、なんて吐露しても問題ないだろうか？　いや、ある。

「あー、うちのエフィルと、あそこのボガに倒されたよ。それで火竜王の座がボガに移って、今はあいつが火竜王をやっているんだ」

「なるほど、それで……先を越されてしまったのは悔しいですね。いつか、手痛くリベンジしてやろうと思っていたんですが」

「なら、その気持ちをボガにぶつけてくれ。俺達だって、無償で加護をプレゼントするつもりはない。火竜王となったボガに一度でも勝てたら、あいつもエマの事を認めてくれるだろうからさ」

「了解しました。私としても、火竜王の加護は喉から手が出るほどに欲しいものです。ですが、当の火竜王があんな感じなんですが、大丈夫ですか？」

俺が振り返ると、ボガが遥《はる》か彼方《かなた》の物陰にまで移動していた。ボガよ、まだ遠くへ隠れるか。怖いのは認めるけど、エマは決して悪い奴《やつ》ではないんだぞ。手料理でダークマター（消し炭）を作っちゃうような、お茶目な一面もあるんだぞ！

「竜の姿に戻れば好戦的になるから、その辺は心配しないでくれ。炎を扱う者同士で戦えば、新しい技の発想が生まれるかもしれないからな」

実際、2人にはその辺を特に期待している。地力は高いが火竜王として経験の浅いボガと、幼い頃よりアイリスから英才教育を施されていたエマ。この2人が切磋《せっさ》琢磨《たくま》する事で、凄《すさ》まじい成長を遂げるのではないかと睨んでいるのだ。

エフィルはどうかって？　いや、本当ならエフィルもこの烈火の戦いに参戦させたかったんだけど、俺の世話をする方がメイド力が高まるらしく、そっちに専念してもらう事にした。今はトラージ城でツバキ様の接待をしてもらっている。

「ケルヴィン、私は？」

「シルヴィアか？　シルヴィアはもう加護を持ってるからな……というか、今更だけど何でトラージにいるんだ？　アイリス――シスター・エレンがいるデラミスでも、シュトラのいるトライセンでもなくてさ」

「ん、ツバキに乞われた。料理も美味しいし、暫《しばら》くはトラージに滞在する予定」

ああ、シルヴィアのところにもお誘いが来ていたのか。ツバキ様が相変わらず遠慮なくて、飯の誘惑に誘われ来てしまったと。うん、見事に飯の顔をしている。よだれ、よだれ！

「一応、シルヴィアにも適任の相手がいるんだよ。今は俺の屋敷にいるんだが、転移門を使えばトラージからでも十分に通える。あ、でもその前に、ちょっとお願いしたい事があるんだ。たぶん、シルヴィアにしかできない事でさ」

「ケルヴィンにはお母さんの恩がある。できるだけ応えたい」

「助かるよ。で、そのお願いなんだけどさ――」

――さ、こっちの準備は着実に進んでいる。他の面々も上手《うま》くやっていると良いんだが。

◇　◇　◇

――トラージ城

ボガとエマの様子を一通り確認し終えた俺は、シルヴィアと共にトラージ城へと戻る。シルヴィアへのお願いは、どうも直《す》ぐにはできる感じではなかったので、先に屋敷に連れて行く事にした。その前に、ツバキ様に挨拶しようと彼女の部屋を訪ねる。俺が城を出た時と同じ状況ならば、エフィルが相手をしている筈《はず》だ。

「ううむ、これなんてどうじゃろうか？　甘過ぎず、口当たりも円《まろ》やかで高齢でも食べやすい。一口で食せるから、とてもお手軽じゃ」

「ですが、原材料に少々希少なものが入っておりまして。コストパフォーマンスを考えますと、安価で代替えできる材料を探す手間をかけるのも必要かと」

「逆に、高級菓子として販売するのも手であると思う。この品質を落とすのは非常に惜しい」

……何か、商売の話を始めてる。夢中になってこちらに気付いていないので、扉をノックして音を立てる。

「ただいま戻りました。取り込み中でしたか？」

「おお、ケルヴィン！　何、ちょうど区切りがついたところじゃ。エフィルの作る菓子があまりに美味なのでな。その中で我が国の職人達が再現可能なものを選別して、何とか流通させられないものかと模索しておったのじゃよ。もちろん、お主の許可が下りればの話なのじゃが」

「申し訳ありません。元々トラージの菓子であったものをアレンジしたものでしたので、つい話し込んでしまいまして……」

「ああ、なるほど」

接待というこの状況、そしてエフィルの創作意欲を刺激した訳か。ツバキ様、やりおる。

「餡子《あんこ》、餡子菓子……」

シルヴィア、よだれ、よだれ！　ぬう、この子はエマがいないと意外と駄目だったりするのか？

「コホン、別に構いませんよ。ただ、お金のやり取りについてはうちのシュトラを通してください。俺は専門外なんで」

「トライセンの人形姫か。まあ、妥当な判断じゃろうな。妾《わらわ》としても、お主とは真っ当に取引きしたい。しかし、うちの、とはすっかり馴染《なじ》んだのだな。ええ？」

ツバキ様が良いおもちゃを見つけたような、悪戯《いたずら》っぽい顔で笑う。そんな顔をされても、変な事実は何も出て来ないぞと。

「何だかんだで結構な期間を過ごしてますからね。俺としても、リオンに次いで妹みたいな存在になってますよ」

だからこそ、大人になった時の姿だと戸惑いもあるのだが。その姿でお兄ちゃんなんて呼び間違えられた時は、お互いに何とも気まずい雰囲気になったものだ。いや、立場は変

わっていないから、呼び間違いとも言えないんだけどさ。

「ああ、でもその代わり、約束はちゃんと守ってくださいね？」

「例の艦隊の件か。あの方舟《はこぶね》にはトラージも被害を受けておるからの、助力は惜しまんよ」

「助かります。あの高さともなると、どうしても移動手段が限られますので」

「くはは、もっと頼るが良い。そして、この恩を生涯忘れぬ事じゃ。何なら、トラージに仕える事でチャラにしても――」

「ところでツバキ様、よくそんな技術がトラージにありましたね？　アレを見た時は、思わず見惚《みと》れてしまいましたよ」

「……お主、ここ最近勧誘への切り返しが鋭くなっておらんか？」

「気のせいです」

実際は鍛えに鍛えられ、条件反射レベルである。

「むう、まあ良い。先の魔王との戦いでは、殆《ほとん》ど披露する事ができなかったからのう。魔法だけでなく、カラクリにおいても超一流である事を示してやろうぞ」

「はは、期待していますよ。それじゃシルヴィア、ちょっと出掛けるとするか」

「ん、んもぉふも？」

こらこら、口に菓子を詰めながら喋《しゃべ》るでない。

「何だ、もう行ってしまうのか？　というか、シルヴィアもか？」

「ええ、時間は限られていますので。シルヴィアにも会わせたい人がいるんです」

「ん、そういう事で、少し出掛けて来る。転移門を借りたい」

「忙《せわ》しないのう。エフィルよ、トライセンの姫と確認をした後に、また連絡するでの。その時に商品化に向けて、詳細を詰めようぞ」

「かしこまりました」

全く、こんな情勢だというのに王様とは逞《たくま》しいものだ。きっとガウンの獣王同様、ツバキ様も算盤《そろばん》の腕が凄《すご》いに違いない。

◇　◇　◇

――ケルヴィン邸・地下修練場

「あ、お帰りケルにい！」

転移門を潜《くぐ》って屋敷に戻り、地下の修練場に向かうと床に寝転がったリオンが元気に出迎えてくれた。うん、良い笑顔である。ただ、土埃《つちぼこり》を被《かぶ》ってなかなかにボロボロな状態だ。

「おっと、また美人さんが来たもんだ。ひゃっはー」

「セルジュ、本能を抑えてくださいまし……それはそれとして、よく来ましたね。ルノア」

「お母さん、それに……白い人？」

リオンと共にこの修練場にいたのは、先代勇者にして守護者のセルジュ・フロア。そして、アイリスの姿で転生させられた先代転生神、シルヴィアの義母であるシスター・エレン。もうシスターでもないし、アイリスやエレアリスでは紛らわしいので、今はエレンさんと呼んでいる。

「白い人とは酷《ひど》い呼び方だなぁ。つい先日、私と突き合った仲じゃない！」

「……？　戦った仲の間違い？」

「そうとも言うかな！」

細かい事は気にするなとばかり、セルジュはクスクスと笑っている。セルジュがうちに居座るようになって、段々とこいつの性格が分かってきたんだが……こいつ、見た目は美少女のくせに中身は親父《おやじ》趣味なのである。おまけに可愛《かわい》い子が大好きなレズらしく、来て早々にここが天国かと絶叫していた。何この子、怖い。

「セルジュにはリオンの剣の鍛錬をしてもらっていたんだ。この世にセルジュ以上に剣を扱える奴はいない、って豪語するくらいだからな」

「うん、僕も今まで1対1で戦っていたけど、全然敵《かな》わなくて……」

「そんなに褒めても鍛えてあげる事しかできないよー。それに、剣に限らずどんな武器でも問題ないよ？　基本的なものは全部扱えるからさ。んー、君が女の子だったのなら、白魔法の指導を手取り足取りしてあげても良かったんだけどね。実に惜しいよ」

「はは、俺は心の底から安堵《あんど》したよ、レズビアンめ」

　これでいて、世界最強の実力は全く揺るがないから手に負えない。ただ、保護者（？）のエレンさんの言う事はちゃんと聞いてくれるので、今のところ大事には至っていない。彼女の固有スキル『絶対福音』によるラッキースケベも、女の子は対象外になるらしいからな。いやー、セルジュが女性で本当に助かった。

「ん、理解した。ここでリオンと一緒に、白い人を打ち負かせば良いんだね？」

「まあ、有り体に言えばそうだ。言動仕草はふざけた感じだけど、セルジュの指導は本物だからさ。それにシルヴィアの師であるエレンさんにも、今の実力を確認してもらった方が良いだろ？」

「俄然《がぜん》頑張る」

　むふーと、無表情ながらにシルヴィアはやる気を出してくれたようだ。正直なところ、勇者の中でも特に見込みのある刹那《せつな》もここに投入したかったんだが、生還者のおじさんが譲ってくれなかったからなぁ。余程弟子が、いや、後継者ができた事が嬉《うれ》しかったらしい。

　2人は現在ガウンに滞在中である。

　さて、俺も次の行先に行くとしますかね。ここにいると、セルジュの逆ラッキースケベに巻き込まれる恐れがある。

「じゃ、俺は次にデラミスに行ってくる。頑張れよ」

「うん！　コレットによろしくね！」

「ん、シスター達《たち》にもよろしく」

「お土産よろしく！」

「どさくさに紛れて土産を要求するな、勇者よ。あー、そうそう。うちの爺馬鹿《じじ》もこの剣の鍛錬に参加する予定なんだけどさ、今は用事があってトライセンに行ってる最中なんだ。帰って来たら、そっちの指導もお願いするよ」

◇　◇　◇

――トライセン・とある墓地
トライセンの首都からやや離れた場所には、辺りを一望できる丘がある。砂漠や荒れ地が広がるトライセン国内において、数少ない美しき草原の広がるこの場所は、死者が安らかに眠る為《ため》の墓所。その中に並ぶ墓石の1つを前に、2人の男達が佇《たたず》んでいた。片や暗黒の全身鎧《よろい》を身に纏《まと》った巨体、ジェラール。片や、白銀の鎧を着込んだ屈強な老人、ダン・ダルバ。死神の右腕と鉄鋼騎士団将軍は、ジン・ダルバの名を刻んだ墓石の前に向かう。
「少しばかり遅れてしまったが、ワシからも手向けの酒を贈らせてもらおう」

そう言葉にしたジェラールは酒瓶の栓を開け、その中身を墓石の真上から流し始めた。トクトクと墓石に注がれる酒は、太陽の光を浴びて輝きを帯びる。

「普通、手向けといえば花ではないか？」

「フッ、男から花なんぞ貰《もら》っても、何も嬉しくないじゃろうて。それにこれは、ワシが最も好むガウンの獣王酒という酒でな。喉が焼けるほどに強いのじゃが、同時に如何《いか》にも酒を飲んでいると実感する事ができる。天国に行ってしまった奴《やつ》にも、きっと届くじゃろう」

酒瓶の中身が半分ほどになると、ジェラールは墓石に酒を注ぐのを止《や》め、残りを２口の杯《さかずき》に入れ始める。杯から酒が溢《あふ》れるギリギリのところまで注ぎ終わると、酒瓶はちょうど空になった。

「ダン殿、これを」

「……かたじけない」

２人は墓石の前に座り込み、これを一気に飲み干した。喉を通る刺激がやがては鼻から抜けて、ダンは空になった杯を眺めながら息を漏らす。

「確かに、こいつは強いな。ガウンの酒か……そう言えばあの時、ガウンにトライセンの酒を携えて持って行った事もあったか」

「あの時とは、戦時中の話か？」

「うむ。我らが魔王の言葉に惑わされ、各国の国境線に攻め入った頃の話だ。尤《もっと》も、獣王の息子共には振られてしまったのだが」

「ハッハッハ、それは無理もない事じゃろうて」

「今更ではあるが、あの時の自分の行動が信じられんよ。ガウンの獣王に会っていなければ、今頃どうなっていた事か……おっと、実はワシもこいつを持参しておりましてな。さささっ、杯を」

「おっと、それでは失礼して」

墓石を前にして、2人は暫《しばら》く持ち寄った酒を酌み交わす。その間に出てくる話題は、大体が昔の思い出話であった。それが酒の肴《さかな》になったのかは2人にしか分からないところだが、酒は進む。そんな中、ふとジェラールが神妙な面持ちで杯を地面に、両手を膝に置いた。

「ダン殿、改めて謝ろう。ジン殿を殺《あや》めてしまい、申し訳なかった」

「またか、ジェラール殿。いくらワシが年老いたからといって、謝罪の言葉の数くらいは覚えておるよ。お主の事情はシュトラ様から聞いておるし、ワシも納得しておる。何よりも、諸悪の根源はジルドラとかいう敵であったのだろう？　ジェラール殿はそれを討った。なら、それで良いではないか」

「しかし……」

「しかしもかかしもない。それ以上言ってくれるな。ジンの奴が未練がましく、この世に魂を置いていってしまうであろうが。ワシはそんな事は望まん。あいつはトライセンの騎士として戦い、戦死した。それだけの事なのだ」

「……せめて、遺体だけでも持って来られれば良かったのだがな」

「フハハ、トライセンを滅ぼすおつもりか？　まあ、その気遣いだけは受け取っておこう。恩に着る」

ダンがジェラールの杯を、再び酒で満たす。以降、２人は沈黙する事が多かったが、不思議と居心地は悪いものではなかった。黙々と酒を口に含み、飲み干す。ただただそれを繰り返した。

「……これだけ飲んでいるというのに、酔っている気がせんな。だが、悪くない」

「ダン殿は正真正銘の老体なんじゃから、無理は禁物じゃ。どれ、持ち寄った酒も空になった。そろそろ戻るとしよう。む、そうじゃそうじゃ。ダン殿に渡すものがあったんじゃ」

「渡すものとな？」

「これじゃ」

ジェラールは懐のクロト経由で、１本の剣を取り出した。ジルドラとの戦いの後、遺体の代わりに遺品として持ち帰った銃剣である。ケルヴィンの白魔法で完璧に無毒化し、ジェラール自身が入念に手入れしている為、現在は新品同様の真新しさが感じられる。

「ジン殿の所有物という訳ではないが、彼が最後に握っていた武器がこれじゃ。どうか、これを遺品として受け取ってはくれまいか？」

「……」

ダンはその銃剣を暫く見詰め、首を横に振って返答する。

「それは、ジェラール殿が持っていてくれ」

「何？」

「その剣をこの場に突き刺し、ジンの弔いに使うのも間違ってはいないだろう。だがな、それは平和な世になってからの話なのだ。今の世の剣は決して飾りではない。斬り伏せ、打ち倒してこその剣だ。この通り、最近は体がどうも言う事を聞かなくなってな。次の決戦とやらに、ワシは参戦できそうにないのだ。だから、そいつを代わりに連れて行ってくれ。ワシの代わりに、その剣で勝利を勝ち取ってくれ」

「ダン殿……」

「おお、そうだ、それが良い。いや、実際はな、ワシはお主を恨んでおるのだ、ジェラール殿。その剣を使い名を上げて、それをワシへの贖罪《しょくざい》としてくれ！　頼んだぞ、ジェラール殿！」

「ダ、ダン殿!?」

銃剣を押し返し、ダンは無理矢理その剣をジェラールに持たせる。それが許しであり、ダンの願いであった事はジェラールにも理解できた。

「あんたら、こんなところで何やってんだ？　げ、やけに酒くせぇな、おい」

「む、誰かと思えば国王ではないか」

そんな2人に声を掛けたのは、現トライセン国王のアズグラッドだった。分かりやすく顔を曇らせ、臭いに対する嫌悪感を表している。

「国王が1人で出歩くものではない。さては、仕事をサボりにきおったな？」

「ダンだって国王に対する口の利き方じゃねぇだろ。残念だが、その予想は外れだぜ。俺は真っ当に城を出て、ダンを捜しに来たんだ」

「どう真っ当なんだ、お前は……」

「国王の俺がそう認めたんだ。これ以上の真っ当な理由はないぜ？　ああ、そんな問答をしに来たんじゃなかったな。ダン、暫く俺は城を空けるぜ！　その間、トライセンをよろしく頼んだ！」

「……は？」

アズグラッドの唐突な宣言に、ダンは意味不明とばかりに口をくの字に曲げる。

「アズグラッド、そんな説明では何も理解されませんよ……」

「ならロザリア、お前から説明してくれ！」

別の墓石の裏から、今度は人間化したメイドさん、ロザリアが歩み出る。どうやら出るタイミングを見計らっていたようだ。

「もう1人分の気配があるかと思えば、ロザリアだったか。その格好はどうも見慣れないな……」

「して、肝心の出掛けるというのは、どういった用件なんじゃ？」

「はい。先ほどご主人様、ケルヴィン様より言伝《ことづて》を賜りまして、アズグラッドと共に実家へ帰省する事になったのです」

「ぬ？　揃《そろ》って実家に帰省って、お主らまさか――」

「ジェラール様が考えているような事ではありませんので、ご安心を」

「そ、そうか……王からの言伝とも言っておったしな、うむ……」

ジェラール、ばっさりと斬られる。地味にダンの視線が背中に刺さって痛い。

「母に会いに行くのです。来たる決戦の日に備えて、竜王の力を借りに」

「あの空飛ぶ方舟《はこぶね》を落とすには、それなりの戦力が必要なんだろ？　ケルヴィンには借りがあるしよ、やれる事はやっておこうぜ？」

◇　◇　◇

――デラミス宮殿

シルヴィアを送り届けた俺は、その足でエフィルと共にデラミスへと赴いた。とはいっても、屋敷から転移門を使っての移動なので、労力は全く掛かっていない。ギルド証を台座にかざして、門を潜《くぐ》ればもう到着だ。向こう側ではコレットが出迎えてくれて、さあさあとデラミス宮殿へと案内を開始。皆が待つ宮殿の最上階へと向かう。

「ややや、そんなに久しぶりではないけど、一応久しぶりと前口上として言っておこうかな、ケルヴィン君」

「それでは、私もフィリップ教皇に乗らせて頂いて。お久しぶりですね、教皇」

宮殿の最上階はデラミスのトップ、フィリップ教皇が住まうフロアだ。この国において最も厳重な場所の1つで、外から密偵が忍び込む事はまずできない。なぜこんな場所に集まったのかといえば、面子《メンツ》が面子だからである。

「エフィル姐《ねえ》さんが来た。エフィル姐さんが来た！」

「なぜ2回言ったのだ、崇高なるムドファラクよ？」

「大事な事だから」

「さ、左様か」

「うう、何で私までこんな凄《すご》い席にいるんでしょうか？　何かの間違いです、きっとそうです……」

以前デラミス宮殿を訪ねた際に朝食をとったこの席には、フィリップ教皇の他にコレットとセルジュを抜かした古《いにしえ》の勇者達、そして我が家一の甘党にして光竜王のムド、先代光竜王のムルムル。最後に今はシスター・リーアとしてアトラの護衛役を務めているエストリアが集結していた。

……今更だが、こいつはなかなかに凄い面子だ。ここでの会談を持ち掛けた俺が言うのも何だが、変わり者が過半数を満たしていやがる。いやはや、ここにプリティアがいなくて良かったよ、本当に。

「それじゃあケルヴィン君、早速始めようか？」

「そうですね、教皇」

「うーん……さっきから気になっていたんだけど、そろそろケルヴィン君には僕の呼び方を改めてほしいなぁ」

「ははは、言っている意味が分かりかねます」

「何でも新たに発見された北大陸の王様のことは、お義父さん、なんて呼んでるらしいじゃないか。良いなぁ、憧れちゃうなぁ。僕はそんな呼ばれ方をされた経験がなくってさ。機会があっても、こんな身分だから絶対呼ばれないんだよねぇ。ホント、男として責任は取るべきだと僕は思います」

「……そ、それではお義父《とう》さん、早速始めましょうか？」

「ええっ、誰がお義父さんだって!?　そう呼ぶに至った経緯を詳しく！」

「教皇、ケルヴィン様が困っているではありませんか！」

俺のお義父さんが1人追加された直後、悪乗りする教皇様をコレットが戒めた。いいぞ、もっと戒めてくれ。しかし、この世界の王様は本当に侮れない。俺の両肩には責任の2文字が重くのしかかるばかりである。

「あの、ケルヴィンさん。たとえ既成事実だったとしても、責任は取った方が良いかと……」

「至極真っ当な意見なんだが、エストリアに言われると複雑な気持ちだな、何か」

「も、もうエストリアじゃないんです。リーアなんですぅ……」

エストリアも性格が180度変わってしまって、以前の妖艶な様子は微塵《みじん》も残っていない。正直なところ、いざ戦闘となった時に戦えるのかがちょっと怪しい。

「フフッ。これはこれは、怖がりな子猫が迷い込んで来たようで。どうですかな、お嬢さん。私とお茶でも」

エストリアが英霊の地下墓地で事件を起こした黒幕だと知らないのか、ソロンディールがちゃっかり彼女に軟派を仕掛けている。おい、せめて時と場所を弁《わきま》えてくれ。

「え？　えと、あの……」

「おっと、大変失礼致しました。私は『銀弓』の、またの名をハイエルフのソロンディールと申しまして」

「……ハイエルフじゃない。ただのエルフだ」

「ラガット、人の恋路を邪魔しないでもらえるかな?」

「えーと、そろそろ始めたいんですがー」

「ケルヴィン殿、人の恋路を邪魔しないで頂きたい！　というか、なぜにセルジュが来ていないのかっ！」

「そうだそうだ！　お義父さんは悲しいぞ！」

「……セルジュ、尊い」

　駄目だ、こいつらをまとめられる自信がない。幸いなのはコレットが暴走していない事だが、それ以前に色々と尖《とが》り過ぎている。

「皆の者、今日は無駄話をする為《ため》に集結したのではなかろうて。崇高でない我とて、その程度の事は分かる。時と場所を弁えるのが真の紳士というものではないのかな?　フィリップ殿も、もういい年齢なのだ。若者を弄《いじ》るのは、その辺にするのが良かろう」

そんな中、ピシャリと周囲を静かにさせたのが、高僧の格好をした坊主の発言だった。この男、人間化したムルムルである。

「む……確かに、その通りですな。レディ、お茶はまたの機会に致しましょう」

「ムルムル様に言われちゃ、僕の立つ瀬がないね。さ、ケルヴィン君」

守護竜に言われてしまっては、流石《さすが》の教皇と勇者達《たち》も大人しくせざるを得ないらしい。ムルムルがもう大丈夫だぞと、軽く頷《うなず》きながら目配せしてくれた。何とありがたい支援である事か。

「コホン、それでは始めます。お義父さんやコレットを通じて、メルフィーナの件についてはもうご存じの事と思います。メルフィーナの半身とも呼べる黒いメルフィーナ、クロメルはあの巨大な方舟を使い、白翼の地《イスラヘブン》を探し出そうとしている。その最終目的は真の神へと至り、転生術を十全に使用できるようになる事です」

「そうして完全な存在になった彼女が、ケルヴィン君と戦う。そういうシナリオだったよね？」

「ええ、その通りです。ただ、クロメルが真の神へと至ってしまっては、もう手の施しようがない。正直、今の状態のクロメルでさえ、勝つのは難しいと思っています。私の体感での話になりますが、クロメルはジェラール以上のパワーを、アンジェ以上のスピードを、セルジュ以上の幸運を持ち合わせている。だから、何としてでもそうなる前に食い止めなければいけない。それを大前提としましょう」

本音は惜しいの一言に尽きるが、負ければ後がないのだ。絶対に勝てない戦を挑むほど、俺だって愚かではない。惜しいけど。凄く惜しいけど。

「クロメルが神となる前に倒す。ここで立ちはだかる問題がいくつかあります」

「というか、問題だらけでは……？」

「……そうともいう」

この子、所々で俺に辛辣じゃない？　そんなにジェラールを連れて来なかった事が不満なの？

「まず第一に、あの方舟をどうやって突破するか。上昇可能な高度もさることながら、方舟から放出される風は強力なものです。方舟の高さまで上昇するのも一苦労ですし、まず近付けません」

「……では、どうするんだ？」

「トラージの艦隊、そして竜王達の力を借りたいと思います。移動手段兼物理押しのゴリ押しですね」

「ま、待て。ゴリ押しって、そんな方法でいけるものなのか？」

「全竜王による全属性ブレスのフルファイア、それなら打ち消す事が可能だと、トライセンのシュトラ姫が実際に目にした魔力をもとに、大まかな威力を算出してくれました。向こうも永遠に爆風を出せる訳ではないでしょうし、隙を作るのは可能かと」

「……噂《うわさ》の人形姫か」

あの日誌にも、似たような事が書いてあったしな。

「ふんふん、うちのコレットと学院で肩を並べていたお姫様だよね？　それなら大丈夫じゃないかな。僕は賛成するよ。他に手段が思い浮かぶ訳でもないしね」

「ありがとうございます。今のところ私の配下である土竜王ダハク、光竜王ムドファラク、火竜王ボガの了解は得ています。水竜王トラジ、氷竜王サラフィアも適任の者達を送ったので、恐らくは大丈夫でしょう。闇竜王には北大陸のバアル家に、ダハクの案内を付けて向かってもらっています。居場所が不明な風竜王、雷竜王については現在捜索中で、発見でき次第穏便に協力をお願いして、可能であれば加護も頂ければ良いなと考えています。

ええ、可能な限り」

最後の2体については、アンジェとシュトラ率いるトライセンの暗部部隊が鋭意捜索中である。見つけ次第、風竜王へは俺が、雷竜王にはリオンが向かう予定だ。早く見つかれば良いなぁ。

◇　◇　◇

問題になるのは方舟ばかりじゃない。それはあくまで前哨戦《ぜんしょうせん》、その後が本格的な戦いだ。

「第二に、今もクロメルに付き従う使徒の残党の存在です。仮に私達がクロメルの計画を邪魔しようとすれば、それを阻止しようと確実に彼らが立ち塞がるでしょう」

「うん。結局奈落の地《アビスランド》では限られた使徒にしか会わなかったもんね。僕が思うに、黒いメルフィーナ様はこの計画を知っている使徒の殆《ほとん》どを、予《あらかじ》め根城から外していたんじゃないかな？　例外も多少はいたかもしれないけどさ」

第二のお義父さん、フィリップ教皇の予想は俺と同じところを突いている。あの時に戦ったアイリスにセルジュ、ニトのおじさんはクロメルの真の計画を知らされていなかった。これはアンジェにベル、エストリアも同様だ。邪神の心臓にいた使徒で、はじめから知った風だったのはジルドラにトリスタンのみ。恐らくこいつらは例外組で、当初の予定ではジルドラも方舟《はこぶね》に乗って脱出する事になっていたんだろう。そう考えれば、一太刀浴びせる事には成功したといえる。夢の中でメルフィーナがくれた記憶には、その辺りの経緯の情報がなかったから、予想の範疇《はんちゅう》でしかないんだけどな。

「私も同意見です。あの場で創造者、ジルドラを倒せたのは大きかった。これ以上クロメルや使徒達に、強力な装備やアイテムが備わる事はなくなりますから」

「確かにな。それで、使徒の残党については何か分かっておるのか？」

「ええ、メルフィーナに情報を取り纏《まと》めてもらい、それらを紙に書き写してきました。エフィル、頼んだ」

「承知しました」

準備しておいた資料をエフィルが皆に配っていく。全員に行き渡ったのを確認して、俺は説明を再開した。

「お配りした用紙に、使徒の残党達の情報を記載しておきました。残りの使徒は3人、序列が低い順からトライセンの元混成魔獣団将軍、トリスタン・ファーゼ。パーズ冒険者ギルド支部のギルド長を務めていた、リオ改めリオルド。そして、リゼア帝国にて長年皇帝の座に座り続けていたサキエル・オーマ・リゼア。この3人のステータスと所持する固有スキルについては、この用紙にてご確認ください」

序列第10柱『統率者』トリスタン・ファーゼ

レベル：134
HP：1050／1050
MP：4730／4730
筋力：218
耐久：362
敏捷《びんしょう》：390
魔力：3699
幸運：2947

固有スキル『亜神操意』
下級神を召喚術で使役する事を可能とし、召喚の際にMP最大値量が消費されなくなる。但し、神でない配下の召喚には通常通り消費が行われる。それ以上に高等な神には適用されないが、仮に契約できたとすれば、多少なり魔力消費を抑える程度の効果はある。
特筆事項（召喚術による配下）
・ディマイズギリモット
・起爆大王蟲
・夢大喰縛《インキュバクオーグ》
・タイラントリグレス
・神竜ザッハーカ
・神機デウスエクスマキナ
・神蟲レンゲランゲ
・神蛇アンラ

序列第5柱『解析者』リオルド
レベル：178
HP：4328／4328

ＭＰ：４４６９／４４６９
筋力：２３５１
耐久：１８０７
敏捷：２４９０
魔力：２１８４
幸運：１３２６
固有スキル『神眼』
　魔眼系統に関わるスキル（固有スキルを含む）を瞬きをする度に切り替え、Ｓ級に準ずる力で使用する事ができる。両目を別々のスキルに設定する事も可能で、使い方によっては能力を複合させられる。
特筆事項（複合魔眼）
・『千里眼』と攻撃系魔眼による遠距離攻撃。呪詛《じゅそ》系、解析系との組み合わせもあり、千里眼での使用用途は多岐にわたる。
・対象の補助効果を無効化する『破魔眼』、物理的な障害を透視する『天眼』との組み合わせは凶悪。何らかの防御策は必須。
・『予知眼』による攻撃回避、『読心眼』による看破、『眼力眼』による動体視力の強化、これらの組み合わせは接近戦において強靭《きょうじん》無比。

・――

序列第2柱『選定者』サキエル・オーマ・リゼア
レベル：不確定
ＨＰ：不確定
ＭＰ：不確定
筋力：不確定
耐久：不確定
敏捷：不確定
魔力：不確定
幸運：不確定
固有スキル『前知天運』
リオルドの予知眼が数秒先を見る能力であるのに対し、こちらは遠い未来、或《ある》いは大昔にまで遡って必要なものの在《あ》り処《か》を知る為《ため》の能力。この能力を使用して、クロメルは使徒達《たち》を集めていた。一度発動させると、次の発動までにクールダウンをする為の時間を要する。
固有スキル『絶対共鳴』

サキエルのステータスを不確定としている理由。ステータス、レベル、スキルポイント、状態異常をクロメルと共鳴する。これまで表舞台に出て来なかったのは、クロメルが肉体を持たず貧弱であった為。但し今となっては、クロメルと同等の強さと化している。

特筆事項（サキエルについて）

リゼア帝国の帝王は、常に帝王の全身鎧《よろい》を纏っている。これはリゼア帝国の建国から続いている形式であり、如何《いか》なる時も帝王が常勝の象徴である為にと始まった伝統である。その為、帝王の姿は肉親と近しい者しか知らず、世襲制ではなく帝王の指名によって跡継ぎが決定される為、中身が誰であるのかは世間に知られていない。

ざっとこんな感じである。

「――さて、どこから突っ込んだら良いのかな？　色々言いたい事はあるけどさ」

「フッ、確かに強いのは認めるが、全体としてセルジュには劣るのだろう？　ならば、何も心配する事はないのではないか？」

「……ソロンディール、問題なのはステータスだけではない」

「単純な戦闘力ならば、フーちゃん様は確かに最強でしょう。ですがそれ以上に、彼らの能力は厄介なものかと」

　コレットの言う通りである。更に問題なのは、これら使徒達の情報が最新ではない点だ。メルフィーナが掻《か》き集めてくれたこの知らせは、あくまでもクロメルの記憶の断片を収集したもの。今となっては別の力を手にしている可能性もあり、あまりあてにし過ぎるのはよろしくないとメルが残したメモ書きにもあった。それを踏まえて参考程度にと言い留《とど》めておく。

「トリスタンの配下である神柱は、前回の戦いで多くを討ち取りました。しかしながらトリスタンの召喚術がS級であると仮定すれば、そもそもその残り枠に余りが生じます。新たに何者かを配下に加えている可能性も十分にあるでしょう。リオルドの複合魔眼も侮れません。例えば『魅了眼』など、耐性のない者が受けてしまえば一瞬で勝負がついてしまいます」

「そして更に難関となるのが、リゼアの帝王サキエルか。いやー、結構因縁があるんだけど、まさか使徒だったなんてね。あははっ」

「あはははじゃありませんよ、教皇！　仮にその方がメルフィーナ様と同等の力を得ているとすれば、メルフィーナ様が２人ごふっ！」

　ああ、良い感じにシリアスだったのに、コレットの鼻が噴火してしまった。コレットにはメルフィーナとクロメルの事情を理解してもらった上で、この決戦に臨む覚悟を決めてもらっている。もらっているのだが、クロメルだってメルフィーナの側面である事に変わりはない。メルフィーナの為にメルフィーナと戦うということが、巫女《みこ》にとってどれだけ過酷な事なのか、俺は理解しているつもりだ。何よりも自ら決心してくれた答えに、俺は精一杯応えたいと思っている。今も彼女は巫女に刻まれた遺伝子と立派に戦っているのだ。噴き出した血を拭うくらいはしてやらないと。

「くあっ……！」

不意打ちの再噴火の嵐。うわ、べったり付いた……

「ああ、ご主人様、どうか今はコレット様に近づかないようお願いします。コレット様が更に興奮されてしまいますので」

「す、すまん……」

どうやら、鼻を拭う事も許されないようだ。

◇　◇　◇

――デラミス宮殿・コレットの寝室

不幸にも高まってしまったコレットは、一時自室で休む事となった。鼻から噴き出したコレットの血は、俺とフィリップ教皇の回復魔法で何とか補い事なきを得た。されど、ここ最近は働き過ぎ祈り過ぎであるとして、大事を取る事にしたのだ。教皇がいらぬ気を遣ってくれたお蔭《かげ》で、コレットは俺が抱えて部屋に運ぶ事に。この状況、またコレットの発作が起こるんじゃないかと、俺は細心の注意を払いながら移動する。

「よし、と。ベッドに寝かすぞ？」

「ご迷惑をお掛けします、ケルヴィン様……」

「いいって、メルの為にこうして頑張ってもらっているんだ。これくらいはお安い御用さ」

「ふふ、そう言って頂けると私も嬉《うれ》しいです。ああ、そうだ。何もてなしをする事ができませんが、せめてよく冷やしたお水でも如何《いかが》でしょうか？　今お注《つ》ぎ致しま――」

「――ストップ！　大丈夫、俺は大丈夫だから！　さっき十分に飲んで来たから！」

「……？　そうですか？」

そうですよ。ってか、いくらコレットの厚意だろうと、その水だけは飲む訳にはいかない。嫌な思い出、いや、むしろ良い思い出ではあるんだけれど、あれが脳裏を掠《かす》めてしまうのだ。仮にその水に何か仕込んでいたとしても、女神の指輪を付けている今なら問題はないと思うが……やっぱり駄目である。既成事実とは怖いものなのである。さっきのフィリップ教皇の態度といい、これくらい怪しむのがちょうど良いだろう。

「ケルヴィン様、そんなに気を遣われなくとも大丈夫ですよ。迷いがなかったかと問われれば、葛藤は確かにありました。ですが、私が仕える神はやはりメルフィーナ様なのです。

今もメルフィーナ様はケルヴィン様を想《おも》い、苦悩されているのでしょう。そんな中で、巫女である私が悩んでいる暇なんてありません。だからケルヴィン様、どうかそう心配なさらないでください。私は大丈夫ですから」

「コレット……」

不味《まず》いな。俺が下賤《げせん》な事を考えていた最中に、えらく真面目な聖女モードの言葉を投げられてしまった。コレットの身を案じていたのは疑いもなく確かな事だが、さっき鼻血、今のシリアスで落差が激し過ぎる。あまりに急で上手《うま》い返しが思い浮かばないぞ……

「ま、まあそう言うなって。コレットがメルを心配するように、俺だってコレットを心配するんだ。代わりに俺が水を注いでやるからさ、これを飲んでゆっくり休んでくれ」

「……申し訳ありません。その水は、その……遠慮、しますね」

「……」

――鑑定眼、水差しの中身に対して発動。確定、媚薬《びやく》入りの水。製作者、コレット・デラミリウス。

「……コレットさん？　この水、どうしたのかな？　媚薬入りの何とかって、俺の鑑定眼には出ているけど？」

「そ、その、ケルヴィン様に元気になってもらおうかな、と」

「ほう、二重の意味でですか、そうですか」

この部屋、教皇に監視されていないよな？

「ったくもう、許すからさっさと寝て血を増やしてくれ。コレットが寝るまでは傍《そば》にいるからさ。ほれ、おやすみ」

「あ、ありがとうございます。おやすみなさい……」

横になって目を瞑《つぶ》るコレット。セラがいれば魔法で眠らせてやれたんだが、俺の白魔法は目を冴《さ》えさせる効果しかないからな。俺にできそうなのは、この部屋の平穏を護《まも》る事くらいだ。

「……ケルヴィン様」

「ん、どうしたんだ？」

「やはり興奮しているせいか、全く眠れません」

「……」

やっぱ、部屋にいるのも止《よ》した方が良いんじゃないか、これ？

「ああ、部屋を出ようとしないでください！　ケルヴィン様より発せられるアロマが、アロマによる癒し効果がっ！」

「そのアロマが興奮を引き立たせているんだろうが……あー、昔ながらの手法だが、目を瞑りながら羊でも数えてみろ。そのうち眠ってるだろうから」

「なるほど、それは良い考えですね。では……」

再びコレットはベッドに横になって、目を瞑った。

「メルフィーナ様が1柱、メルフィーナ様が2柱、メルフィーナ様が――」

「おい、馬鹿、止《や》めろ！　死ぬ気かコレット！」

メルフィーナと違い、コレットを眠らせるのは凄《すさ》まじい難易度であった。

◇　◇　◇

「ふー……」

あれから何とかコレットを寝かせた俺の背には、疲労感という文字が重く圧《の》し掛かっていた。第一、人選を間違えているだろ。俺が近くにいればいるほど、コレットは狂信者化するんだぞ。エフィルの方が余程適任だっただろう。

「お疲れ、ケルヴィン君」

「うおっ、吃驚《びっくり》した！　アンジェ、いつの間にいたんだよ……」

コレットの部屋の扉を閉めた瞬間、背後より耳元に声を掛けられて驚く俺。声でアンジェだと分かり直《す》ぐに安心したが、これが敵であったら完全に裏をかかれた形だ。アンジェに背中を取られるのは昔からの事ではあるが、どうも安堵《あんど》によって気が緩んでしまっていたらしい。猛反省。

しかしな、アンジェよ。ここはデラミス宮殿なんだ。侵入者は入れないだろうと言ってしまった手前、その前提を早速壊さないでほしい。君、絶対壁すり抜けて侵入しちゃってるよね？

「あはは、ごめんごめん。思ってる事は口にしなくて良いよ。自覚はしてるから」

「してるのか……」

「いやー、前職の癖がまだ抜けてなくって。こう、難攻不落の城を見ると、攻めて壊したくなるでしょ？　ケルヴィンのそんな気持ちと一緒だよ」

「……ならないよ？」

「今、微妙に迷わなかった？」

何はともあれ、竜王その他諸々《もろもろ》の調査を任せていたアンジェと会うのは久しい。軽くハグといきたいところだが、どこに教皇の目があるか分からない。それは屋敷に帰るまで我慢。ん？　待てよ。アンジェが戻って来たって事は――

「――もしかして、残りの竜王の居場所が分かったのか？」

「ぶいっ」

「でかしたっ！」

「わっ！」

ピースサインを決めるアンジェに向かって、濃厚な頬ずりを加えたハグをしてやる。教皇の目？　知るか、俺は今アンジェを抱き締めたいんだ！

「えへへ、温かい。……あ、喜んでくれるのは嬉しいんだけどさ。正確には、風竜王と雷竜王の所在を知る人を見つけたんだよね」

「竜王の居場所を知る人？　どこにいたんだ？」

「西大陸でちょっとね。それで、手っ取り早く連れて来たんだけど」

「……ん？」

アンジェが手っ取り早く連れて来る。ふと俺の脳裏に、奈落の地《アビスランド》で牛と蛇の悪魔、ガリア・クド君を連れて来た時の光景が蘇《よみがえ》った。あの時、アンジェは確か——

「アンジェ、流石《さすが》に人を誘拐するのは不味いって」

「誘拐なんてしてないよっ！　ちゃんと事情を話して了承をもらったもん！　も～、ケルヴィン君は私を何だと思っているのかなぁ？」

ちょっと首フェチが過ぎる彼女。無論、口には出さない。

「だよな、すまん。しかし了承して直で来てくれる辺り、なかなか豪胆っぽいな。それで、その人の名前は？」

「バッケっていう女の人。街の酒場で待ってもらってる。案内するから付いて来て」

アンジェの手を取った次の瞬間、俺の体は宮殿の壁をすり抜けていた。

◇　◇　◇

――デラミス・とある酒場

「ここがそうなのか？」

「うん、ここで間違いないよ」

アンジェに連れて来られた先は、ごく普通の酒場だった。デラミスがリンネ教団のお膝元って事でよく勘違いされるんだが、この街にもこういった娯楽施設はあるのだ。国から定められた街の区画内にきちっと仕切られていれば、特に問題はないらしい。教会とかはここから遠いしな。

しかし、うん。やはり普通の酒場だな、見た目は。その一方でおかしな事に、酒場特有の騒がしさが全くしない。冒険者が集う夜ほどでなくとも、今の時間だってそこそこ賑《にぎ》わっていても良い頃合いだ。はて、今日は休みだったかな？　そんな勘違いをしてしまいそうになるほど、シンと静まり返っている。

「アンジェ、静か過ぎないか？」

「うーん、確かに……でも、この中にバッケさんがいるのは確かだよ。気配するし」

「兎《と》も角《かく》、入ってみるか」

酒場のスイングドアを開き、異様な雰囲気を醸し出している中へと進む。入ってみれば人は結構いるもんで、そこそこの人数が床やテーブルの上に倒れていた。

「うわ……」

どいつもこいつも顔を真っ赤に染め上げて、片手に酒が入っていたと思われる樽《たる》ジョッキを握っている。ああ、これに似た症状は嫌と言うほど見てきたから、俺には分かる。こいつら、酒の飲み過ぎでのびてやがる。酒場が静かなのは無人であったからではなく、皆が倒れていたのが原因だったのだ。

しかし、全員が全員倒れている訳ではない。奥にあるカウンター、凄まじい汗を額に滲《にじ》ませる店主らしき男がそこに立ち、その向かいの席には琥珀《こはくいろ》色の長い髪をした奴《やつ》が座っている。アンジェにアイコンタクトで確認してみると頷《うなず》かれた。どうやら、あいつがバッケらしい。

「ふー、ここの男共も軟弱だねぇ。まあ、うちの国に比べればまだマシだが、やっぱり軟弱だ。あれくらいの酒でぶっ倒れちまうなんてさ。まだうちの女の方が見込みがあるってもんさね。なあマスター、そう思わないかい？」

「い、いえ、お客さんも流石に飲み過ぎではないですかい？」

「なーに言ってんだい！　まだまだ食前酒程度の酒しか飲んでないよっ！っと、いけないねぇ。酒があるとどうも周りが見えなくなっちまう。どうやら奴《やっこ》さんが来たようだ」

そう言いながら、女性だったらしい彼女がこちらに振り返る。長い髪をなびかせ、椅子に座ったまま一気に反転したバッケと視線がぶつかる。40代といったところだろうか？　それなりに歳《とし》を重ねているようだが、１８０センチはありそうなその長身は引き締まっており、鍛えている事が見て取れた。そういった地方の出身なのか、肌は小麦色で焼けている。それと、顔には全く出ていないが、大分酒臭い。案内人がアンジェで良かった。セラだったら死亡フラグだった。

「アンタがアタシに用があるって奴かい？　あー、えー……やば、そういや名前聞いてなかったわ」

「アンジェ、俺の事を教えてないのか？」

「あはは、話を持ち出した瞬間にバッケさんが乗り気になっちゃって。行こう行こうと直ぐにせがまれて、つい教えるのを忘れてたよ」

え、名も知らない者に会いに来たの、この人？　豪胆な人だとは思っていたが、それにしたって根性据わり過ぎじゃない？

「いやー、その娘が面白い力を持ってて、アタシとした事が驚いちまったよ。アタシの体を持ち上げて、ギュンギュン進んで行っちまうんだ。ははっ、旦那だってアタシを持ち上げられないってのに、その華奢《きやしや》な体でよくやるよ！」

余程可笑《おか》しく思っているのか、バッケは背にしたカウンターをバンバンと叩《たた》いて感情を表している。あ、カウンターが凹《へこ》んで店主が涙目だ……呼び出したのは一応俺である事だ

し、後で修理費出しておこう。

「唐突な呼びかけに応えてくれて感謝する。俺の名前はケルヴィン・セルシウス。冒険者を――」

「――ケルヴィン？　ケルヴィンって、あのケルヴィンかい？　『死神』の。うちの旦那が迷惑をかけた？」

ん、旦那？　誰の事だろう？

「旦那さんに迷惑をかけられたかどうかは知らないが、そのケルヴィンで合ってるよ」

俺が肯定すると、バッケはぱあっと見るからに明るい顔になって、更にカウンターをバゴンと叩いて立ち上がった。喜ぶのは止めないが、カウンターは許してやってくれ。店主がマジ泣きしてるから。

「おおっ、こんな事もあるもんなんだねぇ！　分からないかい？　アタシの名はバッケ・ファーニスっていうんだけどね」

「ファーニス？　ファーニスっていうと、あの火の国の？」

バッケは大袈裟《おおげさ》に頷いてみせた。ファーニスといえば、奈落の地《アビスランド》へ向かう前に立ち寄った西大陸の国だ。ファミリーネームにその名を冠しているって事は、バッケは王族という事である。更に深読みしていこう。彼《か》の国の王族で俺と関わったのは、確か国王だけだった筈《はず》。つまり彼女が示す旦那とはファーニス王、って事で良いのか？

「その顔は思い至ったって顔だねぇ。そう、アタシは火の国ファーニスの王妃さね。アンタが土産で置いてってくれたイカ、やばいくらい美味《うま》かったよ！　握手しよう、感謝の握手！」

「あ、ああ、喜んでもらえて何よりだ」

ぶんぶんと腕を振られ、万力のような力で手を握られる。ぐおおっ、手がぁ……！

「って、失礼しました。王妃様と知らず、とんだ失礼な言葉を――」

「いいっていいって。堅苦しいのは苦手でね、さっきの調子で喋《しゃべ》ってくれるとアタシも助かるよ」

「……そうか？」

「それとね、ケルヴィンとは同業でもあるんだ。S級冒険者『女豹《めひょう》』のバッケって名で昔はバリバリ鳴らしたもんなんだけど、知らないかい？」

もしやと思ったが、バッケもS級冒険者だったか。パワーからしてとても王妃のものじゃないし、獣王タイプの戦士なんだろうか？

「悪い、西大陸のS級冒険者はプリティアくらいしか知らなくてさ」

「ゴルディアーナか。あいつは恰好《かっこう》が奇抜で、必要とあらば全国を駆け巡っているからねぇ」

「そういえばバッケ、さっき旦那が迷惑をかけたとか言ってたけど、それってファーニス王の事だろう？　俺は何もされた覚えがないぞ？」

「あー、ちょっとした悪戯《いたずら》程度のものなんだけどさ。うちの旦那って趣味で変な呪《まじな》いに嵌《はま》ってて、それをケルヴィンに使ったみたいなんだ。馬鹿な話なんだけどさ、うちの娘を誑《たぶら》かしたと勘違いしちまったようでね」

「はぁ？　誑かすも何も、お姫様には会ってないぞ、俺」

とんだ人違いである。

「ま、旦那はこってりとアタシが絞っておいたから、許してやってくれ。アンタの方は大丈夫だったかい？　国を出てから、調子が悪くなったりしなかったか？」

「ああ、それなら大丈夫だ。その程度の呪いなら問題ないよ」

女神の指輪を装備していた状態だったし、本当に呪いの効果があったんだとしても無効化されただろう。全くの無害、全く問題ない。

それよりも俺としては、S級冒険者にこんなにも普通な奴がいた方が驚きだった。強面《こわもて》美人な姉御肌であるが、これまで会って来たS級と比べれば至って普通の範疇《はんちゆう》だ。ザ・女戦士な冒険者って感じで。

「いやはや、懐が大きくて助かるよ。しっかし、噂《うわさ》には聞いていたが、良い男だねぇ。ちょっと味見をしたくなっちまう」

バッケが表情を変えないまま、舌なめずりをした。……あれ、ちょっと背筋が冷たくなってきたぞ？

◇　◇　◇

――デラミス・とある酒場

バッケが俺の方へとにじり寄る。友好的だった表情は『女豹』のそれに変わっており、理性を失っているような、酷《ひど》く本能が危険であると訴える気配を出していた。え、何？　戦ってくれるの？……うん、流れ的にちょっと違う感じだよなぁ。同じ身の危険でも、これは意味合いが違うものだ。バトルは歓迎するが、そっち方面は遠慮したい。つうか、アンタそれ浮気だろ。

「バッケさん、それ以上のおいたは駄目ですよ。私が許しません」

「おや、アンタはケルヴィンの女だったのかい？　だとしたら悪かったね。ファーニスの女はどうも手を出すのが早いんだ」

アンジェが遮るようにバッケの前に立つと、先ほどまでの野性的な眼《め》の色が彼女から消え失《う》せる。意外と素直に退《ひ》いてくれたな。逆にアンジェが暗殺者時代の殺気を放ち出しとる。

「そんな怒んなさんな。折角の可愛《かわい》い顔が台無しだよ？」

「冗談でもそういう事は言わないでほしいかな。これ以上ライバルを増やされちゃ、私としても堪《たま》ったものじゃないんで」

「おっと？　何だ、ケルヴィンもやるじゃないか。英雄色を好むとは言うが、そんなにこれがいるのかい？」

バッケはすっかり元の様子に戻って、ニヤニヤしながら小指を立て始めた。俺、知ってるよ。これは酔っ払いに絡まれる面倒臭いパターンだ。

「いや、まあ、そんなには――」

「ケルヴィン君？」

「……ろ、6人ほど」

俺は竜王の所在を聞きに来た筈だ。それが、なぜこんな事を赤裸々に述べる状況になっているんだ？

「はー、六股かい！　いやはや、アタシも若い頃は結構なもんだったけど、流石《さすが》にそこまでじゃなかったねぇ。アンタ、これから苦労するよぉ？」

「そういう言い方は止《や》めてくれ。これでも、全員と本気で付き合っているんだ」

「それ、すけこましの常套句《じょうとうく》じゃないかい。そういう色男が背中から刺されるのを、アタシは何回も見てきたんだけどねぇ。逆にこの娘レベルの子が6人ともなれば、逆恨みで男から襲われる可能性もあるんじゃないかい？」

バッケがやたらと遠い目をしていて、ちょっと怖い。だ、大丈夫、俺は大丈夫な筈だ。そう思うほどに、この思考って駄目男の考え方なんじゃね？　と、負のスパイラルに陥ってしまいそうになる。落ち着け、喧嘩《けんか》を売られるのはむしろ歓迎なんだ。俺が恐れるとすれば、プリティアやグロスティーナに夜な夜な襲われる事くらいなもの。オーケー、想像したら一気にクールダウンした。し過ぎて吐きそうだ。

「バッケさん、ケルヴィンを虐《いじ》めるのも駄目です。それも私が許しませんよ？」

「おおっと、怖いねぇ。冗談じゃないレベルの殺気を飛ばしてくれるじゃないか、アンジェ。ケルヴィンのパーティは全員がS級冒険者並みの実力があるって聞くが、どうやらマジみたいだね。いや～、ホントに驚きっ放しだよ」

アンジェの殺気を受けて尚《なお》、あっけらかんと笑うバッケ。これ、そろそろ本題に戻った方が良いよな？　これ以上長引かせると、更に飛び火してしまいそうな気がする。

「それで、竜王――」

「それで、アンジェはケルヴィンとどの辺までやったんだい？　アタシに向けた殺気は本物、つまりそれがアンジェの愛の深さって事だ！　一緒に寝たのだって、1回や2回じゃないんだろう？」

ぐわぁ――――!?

「え、えっと、それは……」

「んん？　何だい何だい、その初心《うぶ》な反応は？　まさか、まだ何もされてないのかい？」

「な、何もされてない訳じゃないよ！　キスくらいなら、1回だけ……」

「……ハァ――――!?」

急にたどたどしくなったアンジェと対照的に、バッケが馬鹿みたいな大声を出して驚いた。思わず俺は耳を塞ぎ、周囲に結界を展開する。店主、ギリセーフ。

「いや、待て待て待て。それはいくら何でもないだろう？　キスが1回だけって、お前らそれでも付き合っているのかい？　子供のママゴトじゃないんだぞ!?」

「そ、それは……」

いかん、アンジェが一気に防戦一方になってしまっている。

「あー、あのだな、バッケ。アンジェには特殊な事情があって、ゆっくりと一緒に慣れようとしていてだな」

「黙っときな、ケルヴィン！　今はアンジェと腹を割った話をしているんだ！　男子禁制、ちょっと部屋の隅に行くよ、アンジェ！」

「え、ええっ!?」

アンジェがバッケに連れ去られ、部屋の隅にテーブルと椅子を置いての対談が始まってしまった。のけ者にされてしまった俺は、ただその場に立ち尽くすしかない。しかし、あの調子だと長引きそうだぞ……

「……店主、アルコールが入っていない、何か冷たいものをくれ」

「は、はぁ、少々お待ちを」

「ああ、ちょっと待った。お金、先に前払いしておくよ」

半壊したカウンター席に座った俺は、金の入った袋を店主に渡す。

「ええっ!? だ、旦那、こんな大金受け取れませんよ！」

「多い分は店の備品を壊してしまった代金に迷惑料、そこら辺で酔い潰れている奴《やつ》らの酒代にしておいてくれ。今なんて、店を貸し切ってるようなもんだしな」

ここの店主は良い人なんだろう。それにしても多いと、何度か金を返そうとしてくれた。良いんだ良いんだ。これからあの2人がどう動くのか、俺にも予想が付かないんだもの。最悪の展開は何とか回避したいと思うが、店が全壊したらマジでごめんなさい。

◇　◇　◇

「――で、さっきの話は本当なのかい？　キスが1つ、本当にそれだけかい？」

ケルヴィンがカウンターにて待つ最中、部屋の隅でアンジェはバッケと話をしていた。

「さ、最近になって手を繋《つな》いだり、抱き締められたりはする、けど……」

「はぁー、こりゃ重症だねぇ。いいかい、アンジェ？　それはアタシの娘達《たち》でさえ攻める時にやるような、ママゴトと同レベルのもんだ。ケルヴィンには6人も相手がいるんだろう？　そんな競争の激しい激戦区にいるってのに、何でそんなにおっとり走っているんだい！　アンタ、足は化物みたいに速い筈だろっ！」

それとこれとは別の話では。アンジェはそう思ったが、バッケの気迫に押されて口にする事ができなかった。

「理由は聞かない。過去なんて関係ない。アンジェ、アンタはケルヴィンが欲しいんだろ？　他の女に取られたくないんだろう？　恋は狩りと一緒なんだ。自分が狩らなきゃ、他の誰かに先を越されちまう。世間はアンタの事情なんて考えてくれないんだよ？」

「でも、エフィルちゃんは親友だし、独占はよくないと思う……確かに人数は多いかもしれないけど、皆で納得もしてるし……」

「し、親友も一緒なのかい。噂に違《たが》わぬ好き者だねぇ、ケルヴィンも……まあ、それならそれでも良いよ。信頼の上での共有も結構な事だ。でもね、その親友達はアンジェよりも一歩進んだところにいるんじゃないかい？　そんな中で、アンジェはこんなところで躓《つまず》いていても良いのかい？」

「それは……で、でも、今はそんな事をしている時じゃない……」

「ほう、そんな時じゃない？　じゃあ、他の子達も何もしてないんだね？」

「それは――」

そこまで言葉を言い掛けて、アンジェは言葉を詰まらせてしまった。ついさっきの一場面が、この瞬間に脳裏を過《よぎ》ったのだ。

（そういえば、さっきケルヴィンがコレットさんの部屋から出て来た時、やけに疲れていたような……はっ！　ま、まさか、部屋の中でさっきまで!?）

こうしてアンジェはバッケに説得され、ある決心を固めるのであった。

◇　◇　◇

――ケルヴィン邸・浴場
本当に何でこんな事になってしまったのか？　俺は今、デラミスではなく自分の屋敷にいる。更に言えば、屋敷の風呂場にいる。なぜ戻って来たのか？　その理由を説明するには、バッケとの会話を紹介するしかあるまいて。

『決めた！　アンジェがケルヴィンの心を摑《つか》むまで、アタシは何も喋《しゃべ》らん！』

『は？』

『摑み取れ、既成事実！』

『は？』

以上である。いや、マジでだ。それっきりバッケは酒場から走り去って、どこかへ消えてしまったんだ。丸投げにもほどがある。そして、何気に飲み逃げである。アンジェと話をしようにも、顔を真っ赤にして俯《うつむ》くばかり。ただ、俺の袖を引っ張ってこの一言を呟《つぶや》く。

『せめて、ケルヴィンの屋敷で……』

『……』

俺、流石に察する。これはアレだ。アンジェとやる事をやるまで、バッケは姿を現さず、口を割らない腹積もりなんだろう。何という力尽くのお節介なんだろうか。店主の酒場を破壊されずに済んだのは僥倖《ぎょうこう》だが、俺にとっては唐突な勝負所となってしまった。

今でこそアンジェは、手を握ったり抱き締めたりするのにも大分慣れてきている。しかし、そこに至るまでの道のりは遠く、ひたすらに険しいものだった。そろそろキスに挑戦できるだろうか？　と、俺が思案していたところに、バッケがこんな事をぶっ込んでくれたのだ。やはり、S級冒険者にはろくな奴がいない……

で、俺が今何をしているのかというと、湯に浸《つ》かり身を清めているのである。体力を養っているのである。HPを回復させているのである。これは言葉数の少ないアンジェと何とか話し合い、講じた策の1つ。まあ、必要な行為なのだ。

「アンジェは先に風呂へ入ったから、もう待っている筈《はず》……」

ざぶんと、今一度気合いを入れて立ち上がる。

「――行くか！」

◇　◇　◇

――ケルヴィン邸・地下修練場

智慧の抱擁《アスタロトブレス》を纏《まと》い、黒杖《こくじょう》ディザスターを携えて俺が向かった先は地下の修練場だ。修練場の広い空間では既にアンジェが待っていて、リオンとシルヴィアの模擬戦を見学していた。幸いセルジュ達は留守のようだが、やはりというか、アンジェは少しぎこちない雰囲気だ。おっと、リオンと目が合ってしまう。

「……むむっ」

軽く声を掛けようとして前に出ると、右手と右足が同時に出てしまった。どうやら、ぎこちないのは俺も一緒らしい。

「ケルにい～。急に戻って来たと思ったら、一体どうしたの？　何か変だよ？　アンねえもどこかおかしいし……」

「何でもないよ。ちょっとほら、本番前の準備運動というか、この場で暴れてもらおうと思ってな」

「へ？」

「ん、アンジェ、何だか顔が赤い？　風邪？」

「さ、さっきまでお風呂に入ってたせいだよ、きっと！　全然全く、これっぽっちも何ともないから！」

「……？」

俺とアンジェが考えた策は単純明快。ここで思いっ切りバトッておいて、羞恥心から出てしまう凶器を今のうちに出してしまおう！　というもの。……馬鹿にするかもしれないが、意外と効果はあると踏んでいる。

「ま、そんな訳だから、ちょっと修練場の一角を貸してくれ」

「ケルにいとアンねえが戦うの？　わあ、フル装備だし、本気の戦いなんだね。僕とシルヴィーは観戦してるから、一角と言わずに全部使ってよ！　ね、シルヴィー！」

「私は借りている方だし、問題ないよ。ん、楽しみ」

「そうか？　なら、遠慮なく――アンジェ？」

「な、何かな、ケルヴィン君？　ちょっと今、戦闘準備中だから待っててねってわわっ！」

アンジェは自身の保管に収納していた道具を確認しているようだが、袖下からクナイや爆発物らしきものを大量に落としている。大丈夫、なんだろうか？　なぜだか、俺とリオンを頼りに見ている気《しき》がするんだが……

「リオン、あれは何かの作戦？」

「んんー、そうなのかなぁ？　僕もあんな姿のアンねえ、初めて見るし……」

リオンやシルヴィアも不審に思い始めた。アンジェ、しっかりするんだ！

『うう、ライバルの中でまだなのは、たぶんリオンちゃんだけだよね……でも、ケルヴィンはシスコンだしリオンちゃんはブラコンだしで、リオンちゃんが成人したら絶対に不味《まず》い。リオンちゃんは普段からケルヴィンとスキンシップ取ってるし、朝になんか、あんな、あんな――』

『アンジェ！　念話がだだ漏れだぁ――――！』

俺は大急ぎでアンジェを担いで、その場から飛び出した。

「ケルにい!?」

「アンジェはやっぱり風邪だ！　ちょっと寝かせてくる！」

「な、何だ、風邪かぁ……アンねえ、目が虚《うつ》ろだったから心配しちゃったよ～。エフィルねえにお粥《かゆ》作ってもらうね～」

「ん、お大事に」

よし、何とか誤魔化せたぞ！　しかし俺、このままどこへ向かえば良いんだ!?

◇　◇　◇

――アンジェの私室

走破中に俺の並列思考が導いた行先は、アンジェの部屋であった。リオン達にアンジェが風邪になったと言った手前、やはりここが最も自然だろうと思ったからである。アンジェを抱き抱えたまま扉を開け、行儀が悪いが今ばかりは足で閉めさせてもらう。

「ふー、ここまで来れば大丈夫かな。アンジェ、冷静になったか？」

「な、何とか……」

アンジェをベッドまで運んでやる。しかし、念話にまで影響を及ぼすとは思っていなかった。不幸中の幸いか、あの念話は俺にのみ発信したもので、リオン達には聞かれていない。まあ、中継役のクロトにのみは聞かれてしまっているが、クールなクロトは何も言わず、他言もしないだろう。

「「……」」

アンジェのベッドに2人して腰掛ける俺達、無言。そりゃそうだ。お互いに何となく察してしまっている。これからどうするべきなのかを――

「で、だ。当初考えていた策は実施できなかったけどさ、いい加減俺も覚悟を決めようと思う」

「そう、だね……うん、私から言い出した事だし、私もその、が、頑張る！」

「じゃ、暗器とか全部出してくれる？」

「……」

武装解除、大切。

——がしゃんがしゃん。

修練場で相当の数の暗器を落としていた筈なのだが、アンジェの懐にはまだまだ夢の道具が詰まっていた。え、これいくつ入ってるの？　軽く山みたいになってるよ？

「衣服に仕込んでいたのは、これで全部。靴底のものは靴を脱げば問題ないし、後は両腕両足と——」

——がしゃんがしゃん。

まだまだ出てくる。凶器の山の隣にもう1つ山を形成。しかし、ダガーナイフ・カーネイジを大事そうに抱えたところで、アンジェの手が止まってしまった。どうやら、そいつが最後の得物になるらしい。アンジェはジッとカーネイジを見詰め続けている。

「私ね、転生してから今の今まで、身に着けた武器を全部手放した事がなかったんだ。いつ何が起こるか分からないし、そうやって解析者……リオギルド長に育てられたから。ううん、違うかな。やっぱり怖いんだ」

「アンジェ？」

ポツリポツリと、言葉を紡ぐようにアンジェは話す。

「前の人生、本当にろくな事がなかった。いつ死ぬか分からないし、汚かったし、家畜みたいに扱われた。私、武器がないとね、思い出しちゃうの。あの時の光景が、あの時の痛みが……」

アンジェの瞳には涙があった。カーネイジを持つ手が震えている。

「転生して、憎かった奴《やつ》を殺してさ、これで私は解放されると思ったんだ。誤魔化したり、強がってもみた。でも、やっぱり駄目みたい……でも、それでもケルヴィンの事が好きなんだよ……ごめん、ごめんなさい、私、私――」

それ以上は喋らせまいと、アンジェの唇を口で塞ぐ。がちゃんと、アンジェがカーネイジを床に落とした。そして、俺達《たち》は――

◇　◇　◇

――アンジェの私室
日を跨《また》いでいる訳でもなく、夜になった訳でもない。ただ、少しばかり時間が過ぎただけだ。変化があったとすれば、俺がアンジェのベッドで寝ていて、アンジェが俺の横で眠っているくらいの事だろう。しかしながら、心の中の整理はすっきりと終える事ができた。アンジェも過去の蟠《わだかま》り、いや、呪いみたいなもんかな？　兎《と》も角《かく》、過去のトラウマから解放されたようだった。何せ、行為中は細心の注意を払いながら最上級の白魔法を使っていたからな。心も体もスッキリ、ケアもバッチリである。

「ふう、これでアンジェは大丈夫かな？っと、マジで猫みたいだ」

すやすやと眠るアンジェの頬を撫《な》でてやると、気持ち良さそうに頬ずりを返してきた。これはこれで心地好《よ》い感触である。しかし、いつもなら肝心なところでヘマして何かやらかしていた俺なのだが、今回は何の問題もなく乗り越えるべき壁を解消する事ができた。ふふっ、俺も成長してるって事かね？

そんな風に俺が感傷に浸っていると、ふとある予感が脳裏を過《よぎ》っていった。外食する際に店員がセラの近くに酒瓶を置く、宴会の席でジェラールがお立ち台を取り出す、道でコレットと偶然出会う、そんな時に感じる、冒険者としての予感だ。

「なぜだか知らないが、何かとんでもない過ちを犯してしまった気がする……」

何だ、何か俺はミスったか？　少なくともこれでアンジェは安心して過ごせるだろうし、バッケとの約束も果たしたんだ。竜王の居場所は間違いなく教えてもらえるだろう。だとすれば、この予感は一体何なのだ？　落ち着け、可愛《かわい》いものでも眺めて心を静めるんだ。わあ、アンジェの寝顔は最高だなぁフフフってこれは現実逃避だ！

「んー……ケルヴィン君、そんなに頭を抱えてどうしたの〜……？」

「あ、悪い。起こしちゃったか？」

「そりゃあね。気持ち良く眠ってる横でそんなネガティブなオーラを出されちゃ、どんなに深い眠りでも気配に敏感な私とかは起きちゃうよ。それにさ」

「それに？」

「ほら、お客さんが来たみたいだし」

アンジェが部屋の扉を指差した。

「……」

ギギギと、油の切れた機械のような音を鳴らしながら、首をそちらへと向ける。ん、んん～？　そういえば俺、アンジェをこの部屋に連れて来て、扉に鍵は閉めたっけ？　確か、アンジェを抱えながら扉を開けて、閉める時は行儀が悪いが足でと——

「——鍵、閉めてねぇ……！」

ベッドで色々とにゃんにゃんしている間、ずっと鍵が全開放中だった……！　馬鹿か、馬鹿なのか、俺!?　前にも似たような事があったぞ！　いい加減学べよ、俺！

い、いや、それよりも今はアンジェの言うお客さんの方が優先だ。誰が何の目的で、何よりもこのタイミングでアンジェの部屋に来るのかは分からないが、今ならまだ間に合う！　っていうかアンジェ、何でそんな平然としてるの？　さっきまでの君はどこにいったの!?

と、混乱する俺に追い打ちをかけるように、こんな時ばかり冴《さ》えてしまう俺の頭は、とある言葉を思い出した。

『な、何だ、風邪かぁ……アンねえ、目が虚ろだったから心配しちゃったよ～。エフィル、ねえにお粥作ってもらうね～』

……気配を探る。おっと、ハハハ。こいつはエフィルのもんだ。扉の向こうで律儀に待ってくれているんだろうか？　そこにいられちゃ、今から鍵を閉めても音が気付かれちゃうよ、ハハハ。

「あの時を何もかも再現してんじゃん、俺何も学んでないじゃん……！」

「あはは。ケルヴィン君、あの時ってどの時なのかなぁ？」

驚きを通り越して逆に無表情に、更にそこから絶望へと叩《たた》き落とされる俺。さあ、エフィルの気持ちになって考えてみよう。アンジェが風邪をひいたとリオンから話を聞いて、早く元気になるようにと親友の為《ため》に友情たっぷりのお粥を作ったんだ。そいつを届けようとアンジェの部屋にやって来て、いざ扉に手をかけてみれば、何やら部屋の様子がおかしい。気配を探れば、何と俺がアンジェの近くにいるではないか。これには絶対の忠誠心を持つエフィルも驚愕《きょうがく》、何せ俺が病人を襲っているようなものなのだ。ええ、何で？　エフィルは酷《ひど》く混乱する事だろう。そう、今の俺のように！

「ふう、ケルヴィン君落ち着いて。何に対して焦っているのかはまあ、アンジェお姉さんは把握してるつもりだけどさ、たぶん大丈夫だよ。安心して扉の先を確認しなよ」

「……」

「いやー、そんな何を言ってんの？　みたいな顔をしないでほしいかな」

何て事だ、アンジェがいつも以上に頼りに感じられる。いつも頼りになるけど、今は尚《なお》更《さら》頼りに感じる！　しかし、何でアンジェはそんなに落ち着いているんだ？　俺はエフィルに嫌われたくないんだが……ああ、いつまでもこうしてはいられないよな。分かってる、覚悟を決めるさ。ええい、ままよ！　アンジェを信じ、その勢いのまま部屋の扉を開ける。

「あ、ご主人様！　その、大丈夫でしたか？　お怪我《けが》は？」

「……五体満足だよ」

なぜだかとても心配された。

◇　◇　◇

「それじゃあ、予《あらかじ》めアンジェから話を聞いていたのか？」

「はい。誤解させるような真似《まね》をしてしまい、申し訳ありませんでした……」

「ね、だから心配しなくていいって言ったでしょ？」

俺の体を心配するエフィルを部屋に招き、事情を聞いて現状を漸《ようや》く理解する事ができた。俺の入浴中に、アンジェは親友のエフィルに自身の決意を話していたのだ。自分を含めてどこかで抜けた行動をするかもしれないとして、そのフォローをエフィルにお願いしていたらしい。エフィルはリオンから風邪の話を聞いてピンと来たらしく、怪しまれぬようお粥を作り、更には扉の前で見張りをしてくれていたようなのだ。さっき確認したが、扉の前には現在清掃中と立て看板まで設置されていた。いやはや、マジで助かりました。

「謝るのは俺の方だよ。いや、その前にお礼を言いたいくらいだ。アンジェの機転にも助けられた」

「いえ、私はご主人様の専属メイドとして、当然の事をしたまでです」

「これがエフィルちゃんじゃなくて、勘違いしたセラさんだったらケルヴィン死んでたかもね」

「すげぇ良い笑顔で怖い事言うなよ、本当にありそうでちびるわ……」

まあ、そのセラは奈落の地《アビスランド》にいるから、屋敷にいる筈《はず》がないんだけどな。しかし、転移門という便利道具があるから油断はできない。

「でも、本当に良かったです。アンジェさん、ずっと悩んでいましたので……今は胸のつかえが取れて、とても良い笑顔をされています」

「えへへ、改めて言われると流石《さすが》のアンジェさんも恥ずかしいかな～。それにしても良い匂いがするね！　それ、エフィルちゃんのお粥《かゆ》？」

「お、確かに食欲をそそる良い匂いだ。安心したら、何だか腹が空《す》いちゃったな」

「ふふっ、それではお椀《わん》によそいますね。少々お待ちを。あ、お赤飯もありますよ」

――エフィル特製お粥＆お赤飯満喫中。

「ご馳走様《ちそうさま》でした！　いや〜、満腹満腹♪」

「満足だ……」

「お粗末様でした。一粒も残さずに食べて頂けて光栄です」

ああ、今日も新たな驚きを知るほどの美味《うま》さだった。体力精神、ありとあらゆるものが全回復した気がする。いや、これは実際にしているな、きっと。

「それでご主人様、アンジェさん。直《す》ぐに続きはされますか？　であれば、私もご一緒しても？」

「「え？」」

「……？」

俺とアンジェが思わず固まってしまう。続きっていうと？　そうアンジェに視線を向けると、アンジェは困ったように顔を赤く染めてしまう。当のエフィルは俺達の返答を忠犬の如《ごと》く待っているようで、それ以上言葉を発してくれない。

『ケルヴィン、もしかしてエフィルちゃんって……かなりむっつり？』

『実は一番そうだったりする、かもな。しかも無自覚で』

どうも、このお粥にはその意味も含まれていたらしい。下手な滋養強壮の料理よりも効果があり、今日はまだまだ眠れそうにない。

◇　◇　◇

――デラミス・とある酒場

それからの詳細は省くが、色々あってその翌日。俺はアンジェと証人でもあるエフィルを連れて、バッケが待つデラミスの酒場へと向かった。ああ、またあの酒場だ。何でもバッケがここを気に入ってしまったようで、暇を見つけては入り浸るようになったとか。店主は泣いても良いと思う。

「たのもー」

スイングドアを両手で開き、棒読みでそう声を掛ける。前回と同じく実に静かな店内、床には男達の屍《しかばね》があちこちに置かれており、大変歩きにくい事になっている。こいつら、臆面もなくまたバッケに挑んで負けたのか。何がそこまで彼らを駆り立てるのか、俺には理解できないところだ。まあいいや。バッケは――いた。こちらも同様にカウンターの席に1人座って、酒を呷《あお》っている。

「おう、来たかい。で、どうだった？」

「どうだも何も、見ての通りだよ」

アンジェが俺の腕に抱きつき、ピースサインをバッケに向ける。その表情はとてもにこやかなもので、こっちまで微笑《ほほえ》んでしまいそうになる。が、今はバッケの前なので我慢我慢。

「約束は果たしたと、私が保証致します。しっかりとこの目で、見届けさせて頂きましたので」

「アンジェ、この娘は？」

「親友のエフィルちゃん」

「ああ、例の子かい。いや、それよりもどんな状況で事に及んだんだい、ケルヴィン？この目で見届けたって、アンタまさか……」

「色々あったんだ、色々」

詳細は省く。仮にも女豹《めひょう》なら、アンジェとエフィルを包む空気が輝いている時点で察してほしい。

「ま、まあ、アンジェと上手《うま》くやったのは本当のようだね。鬼畜かどうかは兎《と》も角《かく》さ」

カランとグラスに入った氷を傾けながら、バッケは怪しむようなジト目で俺を見詰める。鬼畜じゃねぇよ。

「なら約束通り、雷竜王と風竜王の居場所を教えてくれるか？」

「ああ、約束は守るさ。ファーニスの女は義理堅いからね」

バッケはグラスに残っていた酒を一気に飲み干し、カウンターにそれを置いた。彼女の一挙手一投足に店主がビクついている。見ているだけで不憫《ふびん》である。

「あー、どこにやったかな？　確かここに入れた筈なんだが……」

自分の豊満な胸元に手を突っ込んで弄《いじ》り、何かを探すような仕草をするバッケ。ふふ、残念だったな。普通の青少年なら思わず興奮してしまうような絵面だが、そいつはプリティアちゃんで予習済みだ。獣王祭での奴《やつ》の姿を思い出し、俺の気分は極寒へと落ちる。大丈夫、俺は冷静だ。だからアンジェ、腕を抓《つね》らないで。

「ああ、あったあった！　アンタらの為に倒れてる奴らから金を巻き上げて、それぞれ地図を用意しておいたんだよ。感謝しておくれよ」

「待て待て！　確かにありがたいんだが、金を巻き上げたってどういう事だ!?」

「何、ちょっとした酒飲み勝負をしただけさ。アタシは体を賭けて、そいつらは金を賭けた。な、対等な勝負だろう？」

満面の笑みで何言ってんだ、この人。負けたらどうするつもりなんだ……手慣れているところを見るに、たぶん常習犯なんだろうな。ファーニス王、もしかして苦労されてる？

しかし、これ以上その話に突っ込むのも面倒な事になりそうだ。一応のお礼を言いつつ、その地図に視線を落とす。

「まず雷竜王の居場所なんだが、こいつは獣国ガウンに巣を構えている」

「ガウンに？　あそこには何度か行った事があるけど、そんな気配は感じなかったぞ？」

「大の人間嫌いだからねぇ、滅多に人里に下りて来る事がないのさ。ガウンに住んでいる獣人でも、生涯で一度でもその姿を拝めたらラッキー、くらいの頻度だ。こっちから会いに行かなきゃ、まずお目に掛かれない奴なんだよ。獣王のレオンハルトくらいかねぇ、雷竜王と繋《つな》がりがあるのはさ」

『天雷峠』、そこが雷竜王の住処《すみか》らしい。実際に向かうのはリオンなのだが、俺が行きたい気持ちが逸《はや》ってしまう。この猛《たけ》りを鎮める為にも、早く風竜王の情報を聞かなくては……！

「……何かぜぇぜぇ言ってるけど、大丈夫かい？」

「大丈夫だから風竜王について教えてくれっ！　急いでくれ、頼むっ！」

「あ、ああ、分かった」

あ、ちょっと引かれた気がする。S級冒険者に引かれるとか心外なんですが。

「風竜王がいるのは西大陸だ。場所は――ここ」

もう1枚の地図を開き、バッケがその場所を指で示した。その場所が示された時、俺は僅かに目を見開いてしまう。

「――リゼア帝国、か」

「そう、今何かと話題になってるあのリゼアだ。空飛ぶ巨大な方舟《はこぶね》から舞い降りた天使、奴らが全国の至る場所で確認されているってのは、ケルヴィンも知っているだろう？　普段は大人しいもんなんだが、リゼアでは違った」

「ああ。首都が陥落してリゼア帝王の行方も知れないって聞いてる」

奈落の地《アビスランド》から飛び立ったクロメルの飛空艇は、リゼア帝国へとまず向かった。第2柱の使徒であるサキエルを回収する為《ため》なんだろうが、なぜかその彼が治める首都が灰燼《かいじん》に帰すまで攻撃を行った。本来は近づかない限り襲われる事のない天使型モンスターが、この時ばかりは関係なしに暴れていたのだという。天使型モンスターは全国に分布している。リゼアを襲ったのがそれとは違う種族だったのか、クロメルの命令1つで他の奴らも暴れるようになるのかは、今のところ分かっていない。だからこそ、発見次第駆逐しているのだが……

「騒動があってから、アタシも独自にリゼアの様子を見に行ったんだけどね。あれは酷《ひど》い状態だった。焼け野原を通り越して、最早《もはや》真っ黒に焦げていたからね。ただ幸いだったのは、首都の住民達《たち》は無事に逃げ遂《おお》せたって事かな。天使は抵抗する奴だけに反撃して、逃げるもんはまるで相手にしなかったって話だ。そのお蔭《かげ》で隣国や近くの街村に、逃げた民達が押し寄せているんだけれどね」

「……」

クロメルがリゼア帝国の首都を破壊した理由は、正直よく分からない。過去の腹いせ、鬱憤を晴らす為かとも考えたが、そうであるとも思えないんだよな。

「……それで、風竜王はリゼアのどこにいるんだ？」

「襲撃があった場所からは遠いから安心しな。『狂飆《きょうひょう》の谷』、現地民が絶対に近づかない西大陸屈指の難所、Ｓ級指定のダンジョンさね」

「へー」

「ご主人様、良い笑顔です」

「うん。平静を装っているけど、良い笑顔だね！」

いやいや、だってＳ級のダンジョンだぞ？　そんな美味《お》しそうなご馳走《ちそう》をちらつかされて、平然と対応できるものだろうか？　否、それはおかしい！　むしろ失礼に当たる！

「ハハッ、本当にＳ級冒険者は変人ばかりで飽きないねぇ！」

「バッケには言われたくないな」

「まあまあ、そう言ってくれるなって。アタシも西大陸に帰る事だし、そっちには途中まで案内してやろうか？」

「いや、まずこの情報を一度持ち帰るから、今回は遠慮させてもらうよ」

一緒に行動すると襲われそうで怖いし。ああ、プリティア的な意味でな？

◇　◇　◇

――ケルヴィン邸・地下修練場

「ガウンの天雷峠？　そこに雷竜王がいるの？」

模擬戦で流した汗をタオルで拭いながら、リオンが首を傾《かし》げる。ジェラールならこの仕草だけでご飯何杯もいけるんだろうなと考えながら、やっぱり俺もリオン大好き人間の1人として、頭を撫《な》でようと手が伸びてしまう。

「ああ、漸《ようや》く場所が特定できてさ。そこに行って、雷竜王から加護を貰《もら》って来てほしいんだ。頼めるか？」

撫でり撫でり。

「うん、良いよ！　僕自身、やっぱり実力不足を実感しているし、必要な事だと思うもん」

「リオン、行っちゃう？　それなら、私も水竜王に会いに行こうかな。ケルヴィンからお願いされていたし」

「ええっ、2人ともいなくなっちゃうの!?　寂しくて私、死んじゃうよ！　死んじゃう死んじゃう！」

リオンとシルヴィアがいなくなる事を察知したセルジュが、手足をばたつかせながら我《わ》が儘《まま》を言っている。こんなのが世界最強なのか、こんなのが……

「セルジュ、みっともないからよしなさい。貴女《あなた》だって自らを鍛える事はできるでしょう？」

「そんな事言ったってエレン、可愛《かわい》い女の子がいないと気分が乗らないのが世界の真理だよ～」

「もう、またそんな事を言って……ごめんなさいね、ケルヴィンさん」

「いえ、お構いなく。それよりもセルジュ、そんなに可愛い子と鍛錬がしたいなら、リオンと一緒にガウンに行ったらどうだ？」

「ガウンに？」

可愛い子という単語に、セルジュの耳がピクリと反応した。こいつ、本当に骨の髄まで女の子が好きなんだな……

「今代の勇者達がガウンで修行しているところなんだ。リオンが竜王と会っている間、そいつらの面倒を見てくれると助かるな。同じ勇者のよしみでさ」

「んー……リオンと一緒に行くのは歓迎だけど、今の勇者って刀哉《とうや》とかいう男もいるんでしょ？　そこがなー」

「おいおい、何を言っているんだ？　確かに刀哉は男だけどさ、残りパーティは美少女が3人もいるんだぞ？　その中にはあの刹那《せつな》もいるんだ。損よりも得の方が圧倒的じゃないか！」

「……確かに！」

納得するのかよ。

「セルジュが行くのならば、私も行きましょうか。何か間違いがあってはなりませんし」

「エレンさん、どうかよろしくお願いします」

まあ、今のガウンにはあいつもいる事だし、大丈夫だとは思うけど。……あれ？　何か忘れている気がするな。何だっけ？

「あ、ジェラじいには何て伝えよっか？　確か、こっちに向かっているんだよね？」

あ、ああー！　そうだ、ジェラールが来るんだった！　サンキュー、リオン。危ない危ない、昨日の疲れがまだ残っていたのかな？　後でエフィルにマッサージしてもらおう。

しかし、ジェラールはどうするかなー。リオンと一緒にガウンに行っても地獄《ゴルディアーナ》、ムドのいるデラミス《エストリア》に行っても地獄な気がする。

◇　◇　◇

――ガウン・虎狼《ころう》流道場
ここは抜刀術の使い手である虎狼流がガウンに置く道場の本館。普段はこの道場に身を置く獣人達が剣を振るう場所であるが、ここ数日の間は訳あって別の者達に道場を貸し出していた。その者達というのが、彼らである。
「そうよぉ、良い感じぃ～。はい、ワンツーワンツぅー」

「わ、わん……っー……！」

「ひ～」

「……」

「はーい、雅《みやび》ちゃ～ん？　サボっちゃ駄目よ～ん」

「無理……もう無理……」

刀哉が率いるデラミスの勇者達、雅に奈々《なな》。そして彼らの鍛錬を指導するゴルディアーナ・プリティアーナだ。

「う～ん、なかなか捗《はかど》らないわねん。何よりも大事なのはバランスぅ。ゴルディア式の肉体改造、筋肉が足りていない箇所を重点的に鍛える基礎鍛錬なんだけどぉ、もうちょっとだけ時間が掛かるかしらぁ？」

「に、にしても、これはやり過ぎ。人間がやる鍛錬じゃない……！　しかも、何で私が重点的に……!?」

「だってぇ、雅ちゃん全体的にお肉が足りていないんだものぉ。あ、お胸の話じゃないわよん？」

「傷付いた、今私の心は傷付いた」

ゴルディア式の筋トレに音を上げる雅。その横で、刀哉と奈々は死にそうになりながらも、何とか自身を鍛えている。

「刹那だけ、狡《ずる》い……」

「あはは、刹那ちゃんはお師匠さんがいるんだもん。仕方ないよ」

「そうそう。この虎狼流の道場があるのもぉ、元を辿《たど》ればニトのおじ様がいるからだしぃ。それにぃ、刹那ちゃんにこの鍛錬は必要ないわん。元からバランスの良い体型、肉体をしてるものぉ」

「刹那は、文武両道、だったからな……！　ふーっ、これで終わり、だっ！」

課せられた最後のセットを終えた刀哉が、バタリと道場の床に倒れ伏す。床には自身の汗でちょっとした水溜《みずたま》りができていて、借りた道着にその汗の水分が吸収されていく。

「は〜い、お疲れ様ん。奈々ちゃんも雅ちゃんも、あと少しだから頑張りなさい。終わったら、私特製のお料理をご馳走するからん。肉は一度破壊して、ご飯を食べる事で身に付くのん。吐いてでも食べてねぇ」

「うう、吐きそうだけど食べられる不思議……！」

「信じられない……この見た目でエフィルさんの料理の味に並ぶのが、本当に信じられない……」

そう言いながらも、２人は最後の力を振り絞って筋トレに励むのであった。ゴルディアーナの独断と偏見による目分量の鍛錬、実は的確。

「おうおう、こっちもやってるねぇ」

2人の筋トレが終わった頃、道場の現在の主であるロウマが現れて皆に声を掛けた。

「あら、ロウマちゃん。これから食事にするんだけどぉ、一緒に如何《いかが》ん？」

「そいつは魅力的なお誘いなんだけどよ、アンタらにお客さんが見えてるんだ。そっちを先に済ませちゃくれないかい？」

「お客様ん？……あら、あらあらぁ？」

ゴルディアーナは気付く。ロウマの後ろに、小さな黒髪の頭がぴょこんと続いている事に。

「プリティアちゃん、久しぶりっ！」

「リオンちゃんじゃなーい！　また可愛くなったわねぇ！」

道場にやって来た客とはリオン達の事だった。ゴルディアーナの大木のような腕に支えられ、メリーゴーランドの如《ごと》くクルクルと宙を舞うリオン。感動の再会の筈《はず》なのだが、やはり絵面が危ない。

「お邪魔します」

「やっほー、私もいるよー。って、刹那はいないの？」

「刹那なら、別の道場で大元と1対1の修行をしているぜ？　俺らにも伝授していない奥義を教えるとか言ってたっけなぁ」

「あー、生還者と一緒なんだ。それなら仕方ないかな、と――」

「――あらん？」

トスンと、振り回されていたリオンが床に降ろされた。リオンとロウマが2人の様子がおかしい事に気付き、何事かと顔を見合わせる。セルジュの傍《そば》に立つエレンだけは、何かを察したようだった。

「ごめーん、リオン。ちょうど良さそうな練習相手を発見しちゃったから、勇者君達には指導できないかも」

「ごめんねぇ、刀哉ちゃんに奈々ちゃん、雅ちゃん。今日の私を更に美しく変態させる為《ため》のぉ、打って付けの相手を見つけちゃったぁ。今日のところは鍛錬終了で良いかしらん？」

バチバチと視覚できそうな火花を散らす2人は、見つめ合ったまま不動を貫く。

「あ、ああ、なるほどな。俺は理解したぜ」

「ですね……」

「ロ、ロウマさん、どういう事？　エレンさんも分かるの!?」

「強き者同士は惹《ひ》かれ合う、という事ですよ。2人は漸く、互いが真に全力を出せる相手を見つけたという事です。好敵手、という奴《やつ》でしょうか」

「ええっ！　発想がケルにいみたいだよ!?」

くしゅんと、どこか遠くの地で戦闘狂がくしゃみをした気がした。

「地上最強と世界最強の戦いか……この目で確かめたいもんだが、道場も大切なんでな。

どこか山奥でやってくれよ」

「分かってるよ」

「了解よん」

ケルヴィン一行が強くなる為の努力を続ける一方で、他の者達《たち》も決戦の日に向けて鍛錬を重ねる。そしてそれらは、ケルヴィンにとって心強い味方となる事だろう。ちなみに刀哉達の鍛錬は、遅れてガウンに向かったジェラールが引き継ぐ事となり、間接的にジェラールも魔の手から救われるのであった。

◇　◇　◇

――暗黒牢《ろう》
光を灯《とも》そうとも、具現化して纏《まと》わり付く闇がそれを消す。炎を燃やそうが、不敬なる熱気は瞬く間に鎮火される。ここは奈落の地《アビスランド》、今でいうところの北大陸の最西端『暗黒牢』。延々と続く巨大な縦穴の上に黒き神殿を築いた、闇竜王の住処《すみか》である。
縦穴から漏れ出す闇のオーラは神殿にまで乗り移り、絶えず不穏な情調を醸し出していた。この闇のオーラが光や炎といった光源に過敏に反応し、明確な敵意を示して襲い掛かる。その為、この神殿内では闇の中を自身の感覚のみで進まなければならない。

尤も、悪魔がひしめくこの過酷な地の中でさえも、好んで闇竜王の住まうこの場所に入り込む輩《やから》は皆無である。ここ数年での侵入者は、そうとは知らずにトラージ領の『天獄飛《てんごくひ》泉《せん》』から移動して来たシルヴィア一行、刀哉一行くらいなものだ。彼女らは幸運にも闇竜王の不在時に転移し、そのまま出口へと辿り着いた。侵入したというよりは、迷い込んだと喩《たと》えた方が正しいのかもしれない。

しかし、今ここに自らの意志で暗黒牢へと足を踏み入れようとする者達がいた。紅蓮《ぐれん》の髪を、または髭《ひげ》をなびかせて横一列に立ち並ぶその者達の影は3つ。横に並ぶと身長差が際立ち、或《ある》いは胸の大きさも際立ってしまう。3人は仁王立ちの姿勢で暗黒牢の神殿を一通り眺め、各々がその所感を口にする。

「良いセンスね！　私はこういう建物もありだと思うわ！」

「うむ、だよね。我もそう思う！」

「まあまあかしらね。ま、あの野菜馬鹿の親にしては良い家なんじゃないの？　私としては、もっとモダンな雰囲気が好きだけど」

「うむうむ。我もそう思うよ！」

左から背の順に並んで、ベルセラグスタフのバアル家が集結していた。2人の愛娘《まなむすめ》の感想に、グスタフは激しく相槌《あいづち》を打っている。

「セ、セラ姐《ねえ》さん方、先に行かないでくださいよ！　逸《はぐ》れちまったら大変ッスよ！」

そんな悪魔な親子の後方から、人型の姿となって駆けて来るダハクの姿があった。どうやら、案内の途中で先行されてしまったらしい。

「あら、やっと来たのね。迷子？」

「遅いぞ、ダゴクの息子よ」

「アンタが珍しい花に現《うつつ》を抜かしているからでしょ、野菜馬鹿愚息」

追い付いた途端に散々な言われよう、特にベルからの言葉は辛辣である。ガウンにてぶつかった時からベルと因縁のあるダハクであるが、未《ま》だ根に持たれていたようだ。

（ぐっ！　い、言い返してぇが、グスタフの旦那の前だとぜってぇ不利になる。漢《おとこ》ダハク、ここは我慢するんだ……！　プリティアちゃんのような慈愛に満ちた心でっ！）

昔の話なら兎《と》も角《かく》、今のダハクは土竜王となって力を付けている。ダハク的にはベルにも負けないと自負しているのだが、ここで言い返しては子煩悩にステータスを振り切ったグスタフが、もれなく敵に回ってしまう。流石《さすが》のダハクもそんな状況になっては勝ち目はないと踏んで、歯を食い縛ってこれに堪えた。

「そ、それにしてもグスタフの旦那、揃《そろ》って国を抜け出して良かったんですかい？　最近は治める国が増えて、すげぇ忙しいって聞いてやしたけど？」

「フッ、愚問だな。我に課せられた使命は、何よりも娘達に優先させられる。これは絶対不変の理《ことわり》であり、我の生き様なのだ」

「は、はぁ、そうなんスか？」

どこかグスタフは誇らしげな顔になっている。しかし、それでも国が増えればグスタフに回る政務が増えるのは必然の事。事実、ダハクがセラとグレルバレルカ帝国を訪ねるまで、グスタフは激務の中にいたのだ。それでは今は一体どうしているのかと、ダハクは当然の事を疑問に思う。

「それにだ、我の職務はビクトールとセバスデルに投げて来た。世話役としての仕事を我が引き継ぎ、我の仕事を奴らが引き継ぐ。至極真っ当な等価交換である。うむ」

「……」

セバスデルは兎も角、ビクトールは平時から普通に働いている事を忘れてはならない。

「あー、お前は？」

「リハビリがてらにちょっと運動したかったのよ。それにパパをセラお姉様と一緒に行かせたら、何をするか分からないもの。監視役みたいなものかしらね。アンタのパパを集団で虐《いじ》めるような事はしないから、安心しなさい」

「はっ、そうかい。思慮深くて涙が出るぜ」

「そうであろう、そうであろう！　ベルは一見クールビューティーであるのだが、悪魔一倍心優しい娘であるのだ！　これはつい先日の話なのだが――」

「パパ、止《や》めて」

「はい」

「……」

ベルの一言に、ピシャリと口を閉じるグスタフ。こんな義父とこれから一生を過ごしていくのかと、ダハクはケルヴィンを少し不憫《ふびん》に思い始める。

「それよりもダハク、この家って普通にお邪魔しちゃってもいいの？　ダハクのお父さん、ちゃんといる？」

セラはセラで早くお邪魔したくて仕方がないようだ。頻《しき》りに暗黒牢の黒き神殿を指差している。

「それなら心配ないですぜ。親父《おやじ》がうちにいる時は、あの闇のオーラが一層強くなるんスよ。今日は正にその時で、たぶん中に入ったら一面が暗闇になってるッス。セラ姐さんについては全く心配してねぇんスけど……」

そう言いながら、ダハクはベルとグスタフに目を向けた。予《あらかじ》め、暗黒牢の中では明かりを点《つ》けずに進む事を話している。セラやベルともなれば、襲い掛かって来る闇をぶちのめすのは容易《たやす》い。しかし、闇は光が存在する限り永遠に湧き出て来るのだ。時間を掛けずに先に進む為には、明かりなしで闇の中を進まなければならない。

「ちょっと、貴方《あなた》如きが変な気を回さないでよ。視界が封じられたくらいで立ち往生なんて、私達がする訳ないでしょうが」

「ダゴクの息子よ、安心せよ。我らは悪魔一倍察知能力に優れておる。セラの力を知るお主なら、それをよく理解しているだろう？　その力が我やベルにもあると考えれば良い」

「あー、それはかなり分かりやすい喩《たと》えッスね。なら安心ッス」

この暗黒牢を取り巻くのは魔力的な闇だ。『闇竜王の加護』を持つダハクは闇に対して絶対の耐性があり、漆黒の暗闇だろうと問題なく視界を確保できる。一方でグスタフらバアル家は察知能力の鬼、暗闇だろうと鼻で笑いながら踏破する事が可能なのだ。

「そいじゃ、行くとしますか。あ、ちょいと耳を塞いでもらっていいッスか？　その前に挨拶したいんで」

「挨拶？　まあ、構わないけど。ベル、父上」

ダハクのお願いをセラは承諾、両手で耳を塞ぐ。それに続いて真似《まね》をするようにグスタフが、不本意そうにベルも耳を塞いだ。それを確認したダハクは神殿に向き直り、大きく息《ブレス》を吸い込み出す。まるで竜が息吹を吐き出す動作をするように、割とギリギリまで吸い込む。そして――

「――クッソ親父ぃ――――！　これから向かうぞクソオラぁ――――！　首を洗って待ってろやおらぁ――――！」

勢い好く吐かれた挨拶という名の暴言が周囲に響き渡り、耳を塞いだ手の下からキィーンと耳鳴りがした。ボガの大声にも負けぬそれは、ダメージをも伴う攻撃となって闇の中へと突き進む。思いの丈を存分に吐き出したダハクは、妙にスッキリした表情になってセラ達に振り返った。

「さ、これで親父も気付いたっしょ。皆さん、行きまぶふぇばぁっ!?」

それはそれは息の合った3連撃が降り注ぎ、ダハクは北大陸の空へと見事に舞い上がったという。

◇　◇　◇

悪魔達は闇の中を突き進む。セラを先頭にして次にベル、可愛《かわい》い娘の後ろを男に歩かせるものかとグスタフ、そして最後尾に漸《よう》くダハクといった順番だ。案内役なのに最後尾とは、これ如何《いか》に。

「あ、セラ姐さんそこは――」

「床に罠《わな》よね。迂回《うかい》迂回～」

「そこもなんスけど、右手側に――」

「言わなくても分かるわよ。大きな気配を辿《たど》った先に竜王がいるんでしょ？　姉様に任せておけば間違いないでしょ」

「うむ、ベルが正しい。よってセラも正しい！」

「……」

こんな調子で配置された罠は一度も作動しないし、竜王の場所までの経路を間違える様子もない。この頃になって漸くダハクは、俺の案内必要ねぇじゃんと思い始めていた。まあ、今更である。

一向はこれまで通路ばかりだった通り道を抜け、やや開けた場所へと辿り着く。そこには竜らしき気配が感じられた。

「フハハハハ、来やがったな侵入者共！　この壱番隊特攻隊長ギルゼ様がてめぇらを血祭りにぃぶぇらぁ!?」

――ドガァーン！

「よっし、当たった！」

部屋の中にて待ち構えていた声の主が、登場と共にセラに殴られ吹き飛ばされ、壁にぶつかったような凄《すご》い衝撃音が鳴った。目には見えないが顔のいいところに当たった感触があったと、セラは満足そうだ。

「セ、セラ姐さん、せめて前口上だけでも聞いてやってくださいよ……」

「え？　敵意撒《ま》き散らしていたから、てっきりモンスターかと思って殴っちゃった。結構でかかったし……駄目かしら？」

「駄目じゃないわ。自分から隙を作る方が悪いもの」

「うむ、それ分かる」

「……」

ダハク、早々に説得を諦める。

「そ、そッスか……こいつは親父の部下の1体ッスね。確か漆黒竜のギルゼ、これでも歴《れっき》とした古竜で地上ならS級討伐対象ッス。特攻服とか気合い入ってんなー」

「特攻服？　何それ、竜なのに面白そうな服着てるのね。見えないのが残念だわ」

「いや、セラ姐さんには似合わな、いや、似合うかもしれねぇな。姐さん達《たち》眼光鋭いし、サラシとかして一家揃ってバリバリに決めそうな予感が……」

ちなみに、ダハクが思い描く服装は暴走族のそれに近い。セラはレディースの総長、グスタフはどちらかと言えば番長だろうか。似合う、似合い過ぎていた。

（しかし、こいつだけはサラシの意味ねぇなぁ……）

ダハク、ある場所を凝視する。どこがとは言うまい。

「ちょっと、かなり失礼な事を思われた気がしたんだけど？」

「いやいや、むしろ褒めてんだよ。特攻服が似合う奴《やつ》なんて、なかなかいねぇんだぞ？」

「まあ当然だ。セラベルは何を着ても似合ってしまうからな！　段々と分かってきたではないか、ダゴクの息子よ」

「やっぱり、何か誤魔化された気がするわね……（ジロッ！）」

心の中で思った事まで読んでしまうこの無駄な察しの良さ、間違いなくセラの妹である。

ダハクは早く話題を変えようと視線のみで周囲を見回し、何かネタになりそうなものを探す。ふと、壁に上半身を埋め込まれたギルゼが目に付いた。

「そ、そうだ！　ここから先は、このギルゼみてぇに親父の部下達が待ち受けている筈《はず》だ。正解のルートが分かってるからって、変に油断しない方が良いと思いますぜ？」

「え？　もしかしてこんな感じで、一々自分の持ち場で待ってるの？　全員で掛かって来れば良いじゃない」

「形式美ってのがあるだろうが。お前んとこの四天王だって、順番に戦ったってケルヴィンの兄貴から聞いているぜ？　塔を立てて、専用部屋まで用意してたんだろ？」

「……あれはパパの趣向だし」

ベルは少し考えるような仕草をしたが、直後に顔を背けてしまった。

（フッ、勝った）

ダハクはベルの目が見えない事を良い事に、音を立てないよう静かにガッツポーズを決める。ベルと敵対する事なく打ち負かした快感が体中を駆け巡り、土竜王の表情は喜びに満ちていた。が、段々とやる事が小さくなってきている事に気付いてはいないようだ。

「漆黒竜は総じて喧嘩《けんか》っ早《ぱや》いのだが、妙なところで律儀なところのある奴らでな。こうして我らの力を試しているのだろう。フッ、ダゴクの奴も相変わらずタイマンを張るのが好きなようだな」

「……思ったんだけど、あの強さじゃセラ姉様の条件反射で終わっちゃうから、いてもいなくても同じじゃない？」

「悲しくなるから、それ以上言ってやるなよ……これから副長とか親衛隊長やらが、十番隊まで待っているんだろうからよ」

「うわ、この上なく面倒臭いわね……」

「ねえねえ、早く行きましょうよ〜」

急《せ》かすセラの声に従い、ダハクらは次の闇の中へと足を踏み入れた。その後、先ほどと同じような衝撃音が幾度となく鳴り響き、その数だけ上半身が壁に埋まった竜達の姿があったという。壱番隊から十番隊、そのヘッド達が揃《そろ》いも揃って壁に埋め込まれた時、まるでそれらが鍵であったかの如《ごと》く最奥の大扉が開かれた。

「余所《よそ》の扉を壊したら事だものね！　開いてくれて助かったわ！」

「姐《ねえ》さん、あいつらを壁に埋め込んでる時点で器物破損は免れないッスからね」

「戦いで壊しちゃった件は別！」

「そうね」

「パパもそう思うよ」

「よーし、段々とこのノリにも慣れてきたぜ！　オラッ、親父いるんだろっ!?　てめぇの息子が帰ってきたぞ！」

　もう半ばやけになっている感は否めないが、当初準備していたのであろう台詞《せりふ》を言い放つダハク。大扉の奥の部屋はやはり暗闇一色で、セラ達にはその奥の光景を目にする事ができなかった。だが、漆黒竜であり父の加護を受けたダハクにはしっかりとその奥の光景が見えているのだろう。ダハクの視線は漆黒の中で、ある一点に注がれていた。

「おう、帰ったかドラ息子。どうやら虚勢だけは一丁前になったようじゃねぇか、ああ？」

「うわー」

「随分とドスの利いた声ね……」

　闇の中から轟《とどろ》いた声は、ベルの言う通りかなりいかついもの。明らかに堅気の雰囲気ではない。

「何だ、お前にしてはでけぇ気配が並んでると思えば、グスタフもいたのか」

「久しいな、悪友よ。とは言っても、こう暗くてはお前の姿も見えんがな」

「ッチ、また随分な大物を連れて来やがったな。しゃーねー、今だけ闇を薄めてやるよ」

　ドス声が仕方なさそうにそう言うと、扉の奥の闇が徐々に薄まっていくのが分かった。明かりはないのに、闇が退《ひ》いていく。そんな不思議な現象の後に、セラ達の目にも奥の部屋の概要が見えてきた。

（（……うわー））

セラとベルは、心の中で静かにそう思った。声に出して言わなかった辺り、そこはかとなく育ちの良さと優しさが感じられる。しかし、セラ達はなぜそう思ってしまったのか？それは闇の中から出てきた闇竜王、そして部屋の壁際で背中に腕を回しながら整列する漆黒竜達の姿を見ての声なのである。皆が皆、漢字を真似たと思われる、上手《うま》いとも下手とも言えない正直微妙な感じの文字を、マフラー状の布に無数に記して、それを体に巻き付けていたのだ。これがダハクの言っていた特攻服？　巻き付けも中途半端で不出来なミイラ衣装にしか見えないと、そんな心の声なのである。

「おうおう、マジでグスタフだったか。死んでまた生き返るたぁ、なかなか気合い入ってんじゃねぇか。そっちの別嬪《べつぴん》さん達はお前の娘か？」

何やら風格のある言葉を喋《しやべ》っているが、全く内容が耳に入ってこない異常事態。グスタフはグスタフでお前も変わらないなと、普通に会話をし始めている。どうやら、昔からこのスタンスらしい。セラとベルはダハクに説明を求めた。

「あれ、かーちゃんの自作なんスよ。人型ん時の衣装はまだマシなんスけど、流石《さすが》に竜の姿だとエフィル姐さんみたいな超絶技能を持ってないかーちゃんじゃ、あれが限界で……（ボソボソ）」

「そ、そこまでして着ないといけないものなの、特攻服って？（ボソボソ）」

「いや、皆かーちゃんが怖くて、作ったもんに今更文句なんて言えないんスよ……（ボソボソ)」

「「ええ……」」

聞けば、今までセラが殴り飛ばしてきた漆黒竜達も同様の格好だったらしい。

◇　◇　◇

「で、お前らは一体何をしに来やがったんだ。ダハクがやけに粋がってやがるが、別に俺を倒して闇竜王になろうって話じゃないんだろ？　この前に地竜の爺《じじい》から土竜王を継承したばかりだからな」

闇竜王ダゴクは息子のダハクとガンを飛ばし合いながら、セラ達が暗黒牢《ろう》を訪れた理由を問い掛けた。大昔に家を飛び出し、知らぬ間に他の家の家業を継いだ息子が帰って来たかと思えば、知り合いの親子も一緒だったのだ。その疑問も当然の事だろう。

「……まさかお前、グスタフの娘と結婚でもする気か？　いや、確かにどっちもすげぇ美人だってのは認めるが、今日はその報告に――」

ダゴクがそう思ってしまうのも、当然の流れである。彼女どころか、一緒にその親父《おやじ》まで連れて来やがったの!?　ダゴクの視線が少しだけ尊敬の色に変わった瞬間であった。

「――な訳ねぇだろうがっ！　セラ姐さんはケルヴィンの兄貴っていう、心と運命に決められたお人が相手にいるんだぞっ！　このチビッ子はもっとねぇよ！　アウトオブ眼中！

「オーケー!?」

「ハッハッハ、ダゴクの息子よ。パパ、私とっても傷付いたわ。傷付いて死んじゃうかも」

「え、あ、ちょっ、違っ!?」

ダハクはグスタフに首根っこを掴《つか》まれて、来た道を戻って行ってしまった。強制連行、天罰覿面《てんばつてきめん》。ベルはその姿を見送りながら、舌を出しながら微笑《ほほえ》む。

「うーん、今のはダハクが悪いわね！　こればかりは仕方ないわ！」

「姉様、とっとと目的を果たしましょう。パパがいたら、きっと戦わせてもらえないわよ」

重度の親馬鹿で過保護なグスタフがこの場にいては、闇竜王と戦う事なんて認めようとしないだろう。むしろ、自分が代わりに戦うと言い出す可能性もある。ダハクはその為《ため》の案内人、つまりは囮《おとり》だったようだ。

「何だ、違うのかよ。少しだけ認めようとした俺が馬鹿みてぇじゃねぇか。クソ興ざめだ……」

「溜息《ためいき》をついているところ悪いのだけれど、ちょっといいかしら？」

「あん、何だよ？　あー、そういやまだ用件を聞いてなかったか。グスタフの顔を立てて聞いてやるぜ？」

「話が早くて助かるわ。私ね、闇竜王の加護が欲しいのよ。という訳で、頂戴！」

「グスターフ！　てめぇ一体、娘にどういう教育してんだよっ!?」

ダゴクの声が神殿中に轟く。竜王の加護とは生涯に一度のみ付与する事ができ、真の意味で認めた者にしか渡さないものだ。セラのこの行為は、強請《ねだ》るように満面の笑みで手を出し、お前の命の次に大事なものを寄越《よこ》せと言っているようなものだった。

「どういう教育とは聞き捨てならないわね。私もセラ姉様も、それはもう大事に大事に育てられたわよ。ほら、育ちの良さが目で見えるでしょ？」

「俺の目には我《わ》が儘《まま》に育てられた風にしか見えねぇよ……フン、どっちにしたってテメェに加護をやるのは無理な話だ。俺はもう、馬鹿息子のダハクに加護をやっちまってる。いくら美人に強請られても、こればっかりはできねぇんだよ」

「そこを何とかお願い！」

「なあ、俺の話聞いてた？」

手を合わせてダゴクを拝むセラであるが、悪魔がその動作をするのは如何《いかが》なものか。ベルはベルで、それを真似《まね》するべきか逡巡《しゅんじゅん》しているようだった。

「ったく、美男美女ってだけじゃなく、グスタフの強欲なところも似てんだもんなぁ……あいつがいない今だから言うが、本当なら俺はダハクに闇竜王を継がせるつもりだったんだ。その後でダハクがてめぇに加護をやるっつう話だったら、俺からは何の文句もなかっただろうよ。だがさっきも言った通り、あいつは土竜王になっちまった。現状他に候補もいねぇんだ。諦めな」

ダゴクの話は尤《もっと》もな事だった。しかし、どうやらセラはその話に納得していない。

「……？　候補ならいるじゃない？」

「あ？」

「ダハクの母上、つまり貴方《あなた》の奥様に闇竜王を継いでもらうの！　ダハクが誰も逆らえないって言っていたし、これ以上の適任はいないと思うわ！　それなら、加護もまた付与してもらえるでしょ？」

「……」

ダゴクは唖然《あぜん》とした。まさかの斜め上からのこの意見、全く予期していなかったのだ。

そして、この意見は断じて承諾してはならなかった。何せ、自らが闇竜王である今でさえ、夫婦喧嘩をした時などたまに負けそうになる事があるからだ。闇竜王という有利性を自ら捨ててしまえば、これからの竜生に待ち受けるのは今以上に尻に敷かれる未来のみである。断じて、決してそれは認めてはならなかった。

しかし、今回の相手は豪運を携えるセラだ。彼の妻がたまたま近くの通路を通り、たまたまこの話を耳にしてしまうのは、何もありえない事ではない。

「ば、馬っ鹿野郎！　そんな事、できる訳――」

「――へえ、面白いじゃないか。私は賛成するよ、その話にね」

その声が部屋に響き渡った時、ダゴクは石になってしまった。部屋に漂う闇がダゴクの心境を表すように、ゆらゆらとめっちゃ揺らめき、壁際に並ぶ漆黒竜達《たち》も、無意識にゴクリと生唾を飲んでしまう。

横の扉から深淵《しんえん》の闇が飛び出し、その中から妙齢の女性が現れる。白髪で褐色肌、目つきが鋭く強面《こわもて》な印象を受けるが、かなりの美人さんだった。どことなくセラは、人型のダハクと似た顔立ちだなと感じた。

「か、かーちゃん……いつから、そこに……？」

「その子が加護の話をし始めた頃からだよ。なかなか面白い話じゃないか、お前さん。ここは男らしく、私に竜王の座を渡しても良いんじゃないかい？」

「え、あ、い、いや、しかしだな……竜王ってのはそんな簡単に渡して良いもんじゃねぇんだ。かーちゃんだって知っているだろ？　俺らが付き合う前にかーちゃんが俺に挑んだ事もあったが、そん時は俺が勝った」

「かなりギリギリのところだったじゃないか。闇竜王って肩書きがなけりゃ、もっと殴れたと思うんだけれどねぇ」

「け、結果が全てだろ！　どっちにしたって、俺は俺に勝てる奴《やつ》が現れない限り、この座を譲る気はないぜ？　ああ、いくらかーちゃんが何と言おうと、全くその気はない！」

「へえ」

かーちゃんさんの口元が歪《ゆが》んだその時、ダゴクは酷《ひど》く嫌な予感を覚えた。それは夫婦喧《げん》嘩《か》をする前兆、お互いの意見が食い違った際によく感じるものと、恐らくは同様のものだ。

「なら、そこのお嬢ちゃんと戦って負けたら、竜王の座を降りな。そうすりゃ、より相応《ふさわ》しい者が自然と竜王になるだろうよ。どうだい？　まさか天下の闇竜王、ダゴク様が逃げるなんて事はないよねぇ？」

「なっ……」

「それは名案ね！　手っ取り早いし分かりやすいわ！」

セラはすっかりその気になって、周りの漆黒竜達もざわつき始めていた。ベルは口元を押さえて笑うのを堪《こら》えている。

「なあ、そこのお嬢ちゃん。アンタが勝って無事に次の竜王が私になったら、その時は快く加護を与えてやるよ！　これから更に円満な家庭を築く門出になるんだ、私からのお礼と思っておくれ！」

「交渉成立ね！　その時はよろしくお願いするわっ！」

「交渉もクソもねぇじゃねぇか！　ああ、クッソ！　わーたよ、やってやるよ！　族のヘッドたるもの、売られた喧嘩は買ってやる！　後で泣くんじゃねぇぞ、グスタフの

娘ぇ！」

この日、新たな竜の王が、いや、竜の女王が誕生した。

◇　◇　◇

――ガウン・虎狼《ころう》流道場

リオンがガウンに到着した翌日、虎狼流の道場では刀哉《とうや》の鍛錬が続いていた。但し、現在の講師はゴルディアーナに代わってジェラールとなっていて、その内容もより実戦的なものへと移行していた。

「もっと腰を据えて――そう！」

「こう、ですかっ！」

「うむ、良い感じじゃ！」

刀哉が振るった聖剣をジェラールが受け止め、払う。刀哉の剣筋は数日前とは見違えるように鋭く、更には重いものへと変貌していた。剣の素人である雅《みやび》や奈々《なな》の目でも、それが十分に分かるほどの変化だ。

(ゴルディアーナさんの教えのお蔭《かげ》、なんだろうか？　体が見違えるように軽いし、思ったように動く事ができる！)

ゴルディア流の鍛錬に特に励んでいた刀哉の肉体は、その努力を決して裏切らない。肉体改造もそうだが、ゴルディア流マッサージによる柔軟性の上昇、ゴルディア流料理による栄養満点の食事が更に相乗効果をもたらし、その効果を高めていたのだ。そこへジェラールによる剣の指導が加わったとなれば、実力が培われない筈《はず》がない。

「うおおお――――！」

「その意気じゃ！　それ、もう一本！」

道場に再び剣戟《けんげき》が響き渡る。その音を耳にするパーティのムードメーカーとカオスメーカー、奈々と雅の２人は現在休憩中だ。

「神埼《かんざき》君、凄《すご》いやる気だね」

「肉体言語は私には理解できない。けど、私達も体力はついた気がする。ふんっふんっ！」

「力こぶは……あるような、ないような。でも、確実に強くなってるよね！」

剣ではなく魔法や杖《つえ》が戦いの主体となる２人も、ここでの鍛錬で以前よりも逞《たくま》しくなっていた。デラミスで精神面を鍛え、ガウンで肉体面を鍛える。奈落の地《アビスランド》では実戦経験を嫌というほどしてきた。今の刀哉達ならば、歴代の勇者と比較しても遜色のない強さだと、胸を張って言えるだろう。

「あ、ありがとうございましたぁ……！」

「うむ、ようやった。十分に休むといい」

鍛錬が終わった途端、バタリと道場の床に倒れ込む刀哉。己の限界まで続けていたようだ。

「はい、神埼君。タオルとお水」

「サ、サンキュー……ふう、全身に染み渡るよ。それにしても、ジェラールさんは全然疲れている様子がありませんね。流石《さすが》と言うか、力の差を実感しちゃいますよ」

「む、そうか？　まあ、この程度であればな。セラやリオンの相手をする時は、この倍以上に動くからのう」

「こ、この倍、ですか……」

「化物だ。化物がここにいる」

「み、雅ちゃん……」

事実、ケルヴィン達が模擬戦でもすれば、その運動量はこんな鍛錬の比ではなくなる。圧倒的なまでにレベルが、そして種族としての性能が違ってくるのだ。人間と魔人や聖人とでは、それほどまでに開きがある。

「うーむ。天使型モンスターの討伐も鍛錬の合間に挟んでおるし、お主らもそろそろ進化して良い頃だろうと思うのだがな。この前の奈落の地《アビスランド》でも、結構な量のモンスターを討伐したのだろう？」

「そうですね、俺達なりに頑張ってはいるのですが……」

「それ、今まで私達がやってきた戦い方が影響してると思う」

頭のとんがり魔女帽子を膝に置いた雅が、ふとそんな事を口にした。

「ほう、どういう事じゃ？」

「レベルを上げるのに必要な経験値、モンスターと戦ってこれを得る場合、最後に止《とど》めを刺した者が殆《ほとん》どを入手する事になる。私達はできるだけ平均的に分配するようにはしていたけれど、そんな余裕がない敵との戦いも当然あった。そんな時は決まって刹那《せつな》の力を頼る事が多い」

「刹那、あの黒髪の娘っ子か。確かにあの娘が持つ『斬鉄権』ならば、敵と強さに左右されずに斬り伏せる事が可能じゃな」

「そう。結果的に刹那が頭1つ抜けて成長している」

「だな」

「だね～」

雅達が話す内容はどれも本当の事で、ピンチの時は刹那の力を用いて何とか切り抜けて来たであろう事が分かる。ジェラールにも、それは十分に伝わっていた。そして、そこまで言うのなら会ってみたいと思うのが、武人としての本音である。

「して、その刹那は今どこに？　ワシがここへ来て、刹那とはまだ会っていないのじゃが」

「そういや、俺達も暫《しばら》く会ってないな。かれこれ何日かは、別の道場に籠りっきりじゃないか？」

「確かに。もう3日は経《た》つ……ハッ！　もしや、あの中年に何か嫌らしい事をさせられている……!?」

「いやいや、それはないんじゃないかな。ニトさん、言葉と視線は嫌らしいかもだけど、それ以上に弟子ができたのを喜んでいたし」

「どうだろうか。中年は何を考えているのか分からない。よって危ない。超危険」

「雅も大分偏った考え方をしてるのな」

雅の苦言に刀哉と奈々は苦笑いを浮かべるも、完全には安心していないようだった。ないとは考えつつも、もしや――そんな考えが、微妙に残っているのだ。おじさんへの信頼、微妙。

「よし！　ならば少し、修行の様子を覗《のぞ》くとするかの！　その道場の場所はどこじゃ？」

「「「え？」」」

◇　◇　◇

虎狼流剣術師範のロウマは、刹那とニトが修行をする第2道場にいた。剣の道を、それも同じ流派の道を歩む者として、虎狼流の祖であるニトとその弟子の修行風景に興味があったのだ。かなり無理を言ってニトに道場端での見学を許され、朝から正座のまま修行を観察する。

（これは鍛錬、なのか……!?）

ロウマの眼前で行われていたのは、真剣での死合であった。涅《ね》槃寂静《はんじやくじよう》に手を置き、居合の体勢で構える刹那。対するは、様々な型で刹那の周囲を取り囲むニトの分身体、総勢10人分。2人は四六時中この道場内で斬り合いを行い、戦い続けていた。四方八方から襲い掛かるニトを高速の剣で斬り伏せ、血が舞う。しかしニトは帰死《きし》灰生《かいせい》ですぐさまに蘇生《そせい》し、再び剣で応酬する。刹那の能力で刀が斬られれば、床に無数に積まれた刀をニトの分身体が拾う。また戦う。その繰り返しだ。

刹那は人を斬る経験を嫌というほど積み重ね、より上手《うま》く人を斬るにはどうすれば良いのか、体で技術を体得していく。その技量が上がるのに合わせてニトの加減も段々となくなっていき、今となっては恐ろしい速さで戦闘が進むようになっていた。とてもロウマが入り込めるような隙はなく、彼の抜刀術よりも速いスピードで剣戟が振るわれていた。

そして、次の瞬間にロウマが見た刹那の技は、彼が一度も目にした事のないものだった。一振り、確かに一振りだった。刹那を取り囲んでいたニトの分身体、その全てが刀ごと細切れにされて肉塊へ。ロウマには刹那がただ抜刀したようにしか見えず、何が起こったのか理解できなかった。ただ、全身に立った鳥肌と自然と抜けてしまった腰が、その異常さを物語っていた。

「良いねぇ、実に良い。おじさんの予想以上だ」

ロウマの隣に置かれた刀《ニト》が、感嘆するような口調でそう言った。ロウマはまだ理解していないところがあるが、これがニトの本体らしい。

「いえ、まだ使い切れてはいないです。それに、丸一日も寝込んでしまいました。この遅れ、早く取り戻さないと……！」

「刹那ちゃん、そう焦りなさんな。いいかい？　人間には進化先が大きく分けて3つある。魔法的な能力に突出して、会得する固有スキルも魔法に特化した『魔人』。自身に何らかの恩恵を与える固有スキルを作り、これといった弱点がなくバランスの良い『聖人』。そして、プリティアちゃんみたいに身体能力に秀でた『超人』だ。もちろん、会得する固有スキルもそれに準ずる。刹那ちゃんが成ったのは最後の超人、おじさんの流派を継ぐには最適な種族なんだ。君が得た新たな固有スキルは、おじさんの奥義を更に強力なものとする。いやはや、いつかその剣で世界を取ってもらいたいねぇ」

「冗談はそこまでにしておいてください。もう1戦、お願いしますっ！」

死合再開。一方固まるロウマの背後、道場へ繋《つな》がる扉の隙間にて覗き見をする者達《たち》が、さっきまでそこにいた。この修行を見て彼らもやる気を出したのか、ドタドタと足音が第

1道場へと遠ざかっていったという。

◇　◇　◇

――リゼア帝国・首都跡地

セラがダハクと共に闇竜王の下へと向かい、ジェラールと合流したリオンは雷竜王の下を訪れている頃だろう。俺は俺で狂飆《きょうひょう》の谷にいるとされる風竜王を目指し、西大陸に辿《たど》り着いたところだ。

思うところがあって、大陸間の移動にはデラミスからリゼアに架かる十字大橋《クルスブリッジ》を利用させてもらった。デラミスを経由する際、コレットがとても仲間になりたそうにこちらを見ていたが、お前はお前で忙しい筈だろうと見なかった事にした。大丈夫、コレットは鋼の精神を持つ聖女様だ。それくらい非情になっても、何とか我慢してくれるだろう。

「随分と長い橋でしたね。……良い意味で」

「これでもリゼア側の関所がもぬけの殻だった分、手間は省けたんだけどね。でも、お姉さんは満足です」

今回俺と一緒に行動するのはエフィルとアンジェの親友コンビ。デラミス側の砦《とりで》を越えた辺りで俺の両脇にて布陣をし始めた2人は、今もガッチリと左右の腕をホールド。セラやジェラールの目がないのを良い事に、ここぞとばかりに密着している。これまで手を繋ぐのも困難を伴ったアンジェは、あの出来事以降これまでの遅れを取り戻すかの如《ごと》く、隙あらばこんな感じでくっつこうとするようになった。エフィルはエフィルで、アンジェがそうするのならばと真似《まね》をする。結果、橋を渡る間ずっとこの体勢で歩く事になってしまったのだ。

確かに良い思いをした。だが、俺だって橋を渡る最中に桃色な事ばかりを考えていた訳ではない。この十字大橋《クルスブリッジ》を渡ろうと思い立ったのは、前世の前世、要は魔王時代の俺の記憶を何か思い出さないか確かめる為《ため》だった。

夢の中でメルフィーナから聞いた大昔の話、そこで俺はメル、舞桜《まお》と共にこの橋を渡った。数百年レベルで時代を経てしまっているが、ここを訪れればもしや、と思ったんだ。話に聞いた通り十字大橋《クルスブリッジ》には両国の砦が橋の上にあり、区間毎《ごと》にキャンプを行う事ができるスペースがあった。唯一状況が異なる点といえば、リゼアの砦は首都が壊滅したせいか、全てが無人の状態で開放されていた事くらいだろう。ただ、この場所を訪れても収穫はゼロに等しいものだった。メルフィーナの話以上に思い出せる情報は何もなかったし、注意深く観察しても見覚えを感じるものは皆無。途轍《とてつ》もなく長くて凄い橋、それが十字大橋《クルスブリッジ》に抱く俺の感想だ。

まあ、そうだよな。前世の記憶さえ何もない俺なんだ。前世の前世の記憶なんて、そんな突拍子もないものを思い出せる筈がない。

「ただ、ちょっと残念だったな……」

「ケルヴィン君、何が残念だったのかな？　確かに私のは、エフィルちゃんに比べれば残念かもだけどさぁ」

「……待て、アンジェ。誤解なんだ。決してその事を言ったんじゃない。だから首に当てたナイフをどけてくれ」

「その事って何の事かな？　アンジェお姉さん、具体的には何も言ってないよ？」

そんなちょっとした事から始まる、今日の超実戦的な模擬戦。俺は弁解しながらアンジェのナイフから首を護《まも》り、アンジェは執拗《しつよう》に俺の首を攻める。ああ、言っておくが別に喧嘩《けんか》してる訳じゃないぞ？　どっちかと言えば、腕を組むよりよっぽどいちゃついてる行為に近いかもしれない。俺はアンジェと戦えて満足、アンジェは俺の首を堪能して満足とウィンウィンな営みなのだ。その間できるメイドなエフィルは、何も言わずとも周囲の警戒に努めてくれている。

「「ふう……」」

「満足されましたか？」

「「うん」」

栄養補給完了、これより西大陸へ降り立つ。

「何も残っていませんね……」

「これは酷《ひど》いな」

十字大橋《クルスブリッジ》の先には直《す》ぐに首都があった。いや、首都であった場所か。リゼア帝国の象徴である難攻不落の城、栄華を極めた街並みが、つい先日まで俺の眼前に広がっていた筈《はず》なのだ。しかし、今ここから見えるのは無数の瓦礫《がれき》に焼け焦げた大地のみで、とてもこの場所に西大陸最大の国があったとは思えない。

「帝王サキエルはリゼアを裏切る数日前に、大々的な避難命令を首都中に出したみたい。唐突な事で国中が混乱したらしいけど、そのお蔭《かげ》で犠牲者は最小限に食い止められたんだって。その分、建造物や抵抗者は徹底的にやられたんだけどね……」

「避難命令、か……つまり、クロメルや残りの使徒達の目的は虐殺とは別にある訳だ」

「単に西大陸の戦力を低下させるのが目的、ではないという事ですね」

ここまで破壊を徹底する理由か。リゼアに何かが隠されていて、それがクロメルにとって邪魔だったとか？　例えば、まだ発見していない神柱――あー、それならトリスタンに使役させるか。リゼアの内情に詳しい奴《やつ》に話を聞くのが得策なんだろうが、今は竜王が最優先だ。だって、風竜王が俺を待ってくれているんだもの。

「ご主人様、あそこに武装した集団がいます。何か作業をしているようです」

「こんなところにまだ人がいたのか……エフィル、ちょっと『千里眼』借りるぞ」

アンジェはエフィルが指摘する前から気付いていたのか、もうそちらの方向を向いていた。悪食の籠手《スキルイーター》にエフィルのスキルをコピーして、どれどれと俺も拝見。

「んー？」

黒を基調とした鎧《よろい》、兜《かぶと》を装備した兵士達が、瓦礫を漁《あさ》っている？　人数にして数百人、結構な規模だ。部隊長らしき者はマントも羽織っており、それも黒、帯剣する剣の柄《つか》や鞘《さや》までも黒で統一。ちょっと親近感。

「あれ、リゼアの兵隊だね。リゼアの軍服って全体的に黒っぽいんだ」

「なるほど。だけど、1人だけ違う格好をした奴もいるな。ほら、ちょうど部隊の中央付近にいる」

黒の軍服に交じって、どう見ても軍人ではない輩《やから》が指揮を執っているようだった。男はきっちりと七三に分けた髪型で眼鏡、少々ふくよかかな？　と、思ってしまう体型をしている。彼だけは白い制服らしき衣服、あの中だと目立つなぁ。

「白の制服はリゼアの文官だね」

「ああ、色で部門別に分けているのか。分かりやすくて良いな」

だがそうなると、なぜ軍人の中に文官がいるのか、という疑問が新たに生まれてしまう。

「あっ」

「ん、どうした？　エフィル？」

「申し訳ありません。あちらに気付かれたようです。数名、こちらに向かって来ます」

おっと。遮蔽物はないが距離は結構あったからと、堂々と構え過ぎてしまったか。向こうにも千里眼持ちか察知系スキルに特化した兵士がいたのかもしれない。

「どうする？　今なら私達の正体も分からないだろうし、余裕で逃げられるよ？」

「いや、これも何かの縁だ。何をしているのかも気になるし、ちょっとだけ話を伺おう。別に俺らが悪い事をしていた訳じゃないしな」

という事で、この場でリゼア兵が来るまで待つ、待つ――とろいから、こっちから出向こう。タッタッタっと。

「そこのお前達っ！　ここは立ち入り禁止区域だぞ！　ここで一体何をしているっ!?」

出会い頭、先頭の兵士にそう叫ばれてしまった。いや、立ち入り禁止とか知らないよ。橋から普通に通れちゃったよ。

「あー、俺達は十字大橋《クルスブリッジ》を渡って西大陸に来たばかりなんだ。立ち入り禁止とか初耳で――」

「なっ、デラミスから来ただとっ!?」

「封鎖した砦を抉《こ》じ開けて来たというのか！　クソッ、こんな時期にっ……！」

兵士達の敵意が明確に増している。おかしいな、選択を間違えたか？　この兵士達と戦うのは本意ではない。が、降りかかる火の粉は払わねば。ついでにリゼアの強さを測らねば。抵抗の意思はないと笑い掛けながらも、殴る準備だけはしておく。

「待って、待ってください！　双方、矛を収めるように！」

と、折角構えていたのだが、兵士達の背後から戦うなとの声が上がった。先ほどのふくよかな文官だ。見掛けに依らず、軽快に走っている。

「よ、よろしいのですか、代行殿？　この者達、見るからに怪しいですぞ？」

「良いんです。私が責任を持ちますから、どうか抑えてください。ああ、すみません。突然の事で驚かれたでしょう？　私の名はエドワードと申します。東大陸の冒険者、ケルヴィンさんですね？」

◇　◇　◇

ふくよかな男の名はエドワードといい、また俺の名を知っているらしい。しかしながら、俺はこの男と会った記憶がない。いや、エドワードという名前はどこかで聞いた覚えがあったような……

「失礼ですが、どこかでお会いした事があったでしょうか？」

「ああ、これは申し訳ない。突然名を呼ばれては、警戒されるのも無理のない事です。私はリゼアで政務官を務めております。そういった経緯もあって、諸外国の事情に聡《さと》いものでして」

「リゼアの政務官、ですか？」

「はい。S級冒険者の外見的特徴についても、ある程度は把握しております。更には神皇国デラミスから十字大橋《クルスブリッジ》を渡る許可を得られる人物ともなれば、ここ最近に『死神』として名を上げられたケルヴィン・セルシウスさんしかいないと思いまして……合っていたでしょうか？」

リゼアの政務官エドワード、かなり頭が切れる奴っぽい。しかし、本当にどこで聞いたんだったかな。エドワード、エドワード、リゼアの政務官――あ。

「あの、かなり難しい顔をされているようですが、如何《いかが》なされました？」

「あ、いえ、失礼。私はケルヴィン・セルシウス、エドワードさんの推測通り東大陸のS級冒険者です」

俺がそう認めると、エドワードの周囲を警護していた兵士達《たち》からざわめきが起こる。

「死神って、あの死神？」

「身の毛もよだつポエマーで、酷い女狂いだと噂《うわさ》で聞いたぞ」

「冒険者名鑑のあれか。確かに、あの少女達には奴隷の首輪が……！」

「噂は本当だったのか!?」

うん、いつか冒険者名鑑の製作者に一言申し上げに行こう。絶対行こう。

「静粛に、静粛にお願いします！　ええと、申し訳ありません。何分、まだ西大陸には風の噂程度にしか知らされていないものでして、ゴシップ的な話はすぐに広まってしまうんです。中には失礼な物言いをする者もいるかもしれませんが、どうかご容赦して頂ければ――」

「東大陸の一部でもそんな感じでしたから、問題ないですよ。それよりも、1つ確認したい事がありまして……」

「はい、何でしょうか？」

頭に引っ掛かっていた事を、漸《ようや》く思い出した。あれは義父《とう》さんの城で、シルヴィア達にメルフィーナやシスター・エレンについて話した時の事だったか。その際にエマの口から、エドワードという名前が出てきたんだった。シルヴィア達よりも先に孤児院を出た、兄貴分みたいな存在だとか何とか。リゼアで政治家をしているとも言っていたから、今の彼と情報が一致しているんだ。

「エドワードさんはシスター・エレンをご存じで？」

「っ……！　母を、知っているのですか？」

やはり、このエドワードはシルヴィアやエマと同様に、シスター・エレンが立ち上げた孤児院の出身だったらしい。今の彼の立場もあるだろうから、デラミスの、という言葉は出さないでおいて正解だった。エフィルとアンジェにも、念話を通じて教えておく。

それから俺達はエドワードに案内され、近くにあるリゼアの簡易拠点を訪れる事となった。彼らはここにテントを立て、壊滅してしまった首都に取り残された者の救出作業をしているらしい。場所の範囲が範囲なだけに、瓦礫の撤去と呼びかけを行うだけでもかなりの時間を要する。リゼアの弱体化を狙っての周辺諸国の動きもあって、それほどの人数をここに回せないのが実情だと、エドワードは苦々しく言っていた。但し不幸中の幸いか、今のところ逃げ遅れた非戦闘員の死体は発見されていないようだ。

「――お待たせ致しました。天幕の外に見張りの兵士がいますが、ここでの話の内容を聞かれるような事はないでしょう」

拠点中央付近に設置されたテントの中に俺達が座ると、エドワードがリゼアの茶らしき飲み物を持って来てくれた。一応鑑定するが、毒は入っていない。

「やはり、今のリゼアではデラミスという単語はタブーとなっているのですか？」

「お恥ずかしながら、首都が壊滅する以前より敏感になってはいますね。私の立場も今となっては難しいものです。それで、先ほどの話の続きですが――」

詳細はある程度省くが、俺はエドワードにシスター・エレンをシルヴィア達と一緒に見つけた事を報告した。エドワードにもエレンさんからの手紙は届いていたようで、彼自身も独自に調査をしていたのだという。

「そうですか、同じS級冒険者『氷姫《ひょうき》』のシルヴィアさんと……母の病まで治療してくださったとは、感謝の言葉しかありません。シルヴィアさんが母について調査している事は分かっていたのですが、行き違いから直接お会いする機会に恵まれなかったものでして。今度、お礼をしに行かなければなりませんね」

んん？　シルヴィアに対して、どこか他人行儀な言い方だ。エドワードは兄貴分なんじゃないのか？

『ご主人様。もしやと思いますが、エドワード様はシルヴィア様がルノア様である事を知らないのではないでしょうか？』

『うんうん。先に孤児院を出て行ったのなら、その後にルノアが名前を変えた事なんて分からないもんね』

『あー、なるほど』

S級冒険者に詳しいようだったから、少し勘違いしてしまった。直接顔を合わせれば直《す》ぐに分かる事だろうが、外見的特徴と名前からじゃ孤児院で一緒に育ったルノア、アシュリーと結び付かなかったのか。

「エドワードさん。続けて質問しますが、ルノアとアシュリーはご存じで？」

「ええ、知っていますとも。女の子なのに大飯食らいなルノア、そんな彼女にいつもべったりで怒りっぽいアシュリーですよね？　いや～、懐かしいなぁ。2人とも天才肌で、よく母と剣や魔法の鍛錬をしていたものですよ。しかし、ケルヴィンさんは2人についてもご存じだったんですね？　どこかで会ったのですか？」

「はは、ええっとですね。その、さっきの話にも出てきていたんですが……」

「え？……え？」

聡明《そうめい》である筈《はず》のエドワードがポカンとしている。今彼の頭の中では、状況整理が高速で行われているんじゃないかな。

「い、いや、しかし、２人はどこかの国に仕えたと、最後に聞いて……」

「確かに、ルノアとアシュリーは軍国トライセンに仕え、将軍の地位にまで上り詰めました。ですが、２人にもエレンさんから手紙が届いていたんです」

それから将軍の地位を捨て、名前を変え、冒険者となった事をエドワードに話していく。エドワードも合点がいったようで、うんうんと頻《しき》りに頷《うなず》いてくれた。

「何という事だ。大国での地位を捨ててまで、母を捜していたなんて……己の立場に縛られ、職務の片手間に調査の格好だけをしていた自分が恥ずかしいです……」

「いえ、彼女達も友人を悲しませてしまいましたし、結果的にエレンさんにも怒られていましたよ。自分の職務を全うしたエドワードさんも、十分過ぎるほどに立派だと私は思います」

「ありがとうございます。そう言って頂けると、私としても救われます。それで、母やルノア達は今どこに？」

「皆東大陸内にはいるのですが、訳あって別々の場所に……ええと、エレンさんが獣国ガウンに、ルノアとアシュリーは2人とも水国トラージにいるのですが、今は別行動をしているんだと思います」

「そう、ですか……このご時世ですからね。直ぐに会うのは無理でも、手紙だけは送っておくとしましょう。色々と言いたい事もありますから」

俺はエドワードから手紙を預かり、3人にそれを渡す約束を交わした。彼も唐突にあんな手紙を寄越《よこ》され、悶々《もんもん》と胸を痛めながら日々を過ごしていた筈だ。それくらいの事であれば快諾するのが筋である。

「ああ、そうだ。エドワードさん、もう1つだけお伺いしたい事があるのですが――」

さて、そろそろ肝心の話を切り出すとしようか。

◇　◇　◇

――狂飆《きょうひょう》の谷

風が渦巻く、竜巻が唸《うな》る、不用意に近づいた鳥が分断され、大空へ撥《は》ね飛ばされる。リゼアの首都を後にした俺達はダッシュで目的地のこの谷へと向かい、数十分後に到着する事ができた。

「見るからに来る者を拒んでるなぁ」

「この谷、強烈な竜巻が日常的に起こった影響で形成されたものなんだって。風竜王がここを住処《すみか》としてから、溢《あふ》れる魔力が風に変換されて巻き起こるようになったみたい」

さっきまで真っ平らな平原だったのに、不自然にもこんな場所に谷だもんな。人為的というか、災害的に隆起して出来上がったものだったのか。しっかし、谷のどこを見ても風が荒れ狂っている。わざとかは知らないが、風竜王から放たれる魔力だけでこうなるってのは相当なもんだ。谷の入り口なんて、逆風で馬が吹き飛ぶレベルで酷《ひど》い。

「地形が変わるほど風を放出するとか、とんだ迷惑な奴《やつ》だな。ここは俺がガツンと言う必要があるだろう」

「ご主人様の仰《おつしや》る通りです。矯正すべきです！」

「エフィルちゃん、これはケルヴィンが難癖付けてるだけだからね？」

ハッハッハ、その通りです。基本的にエフィルはお願いすれば、俺の我《わ》が儘《まま》を通してくれるからな。ついつい甘えてしまう。

「難癖は兎《と》も角《かく》、加護を貰《もら》って協力を要請するのは決定事項なんだ。少しでも自分に正当性を持たせたいだろ？」

「そしてケルヴィン君は自分を正当化すると」

「う、手厳しいな……」

アンジェはお姉さんらしく（年下だけど）、エフィルのようには甘やかしてはくれない。まあ、あくまでエフィルよりはな度合いなので、やっぱり甘い事には変わりはない。戦闘狂は皆の支えに助けられています。

「じゃ、折角だし正面から突破しようか。アンジェ、透過しながら行けるか？」

「途中途中で休憩挟めばね。2人の速度なら問題ないだろうし、『遮断不可』の効果時間内に風の隙間を見つけて、そこから再発動しながら進もう。はい、2人とも私と手を繋《つな》いで～」

アンジェが真ん中、俺とエフィルを左右にして手を繋ぐ。こうやってアンジェの固有スキルを使えば、如何《いか》に暴風で邪魔されようと関係ない。全てを無視して通り過ぎて行ける。強いて言うなら、またお姫様抱っこされるかと冷や冷やしていたかな。俺にだって羞恥心はあるんだ。流石《さすが》にそんな格好で風竜王の前に出たくはない。

「何だか、こうしていると密偵《デート》を思い出すね！」

「殲滅《デート》か、今となっては懐かしいな」

「ええと、パーズでのデート《あのとき》の事でしょうか？　確かに懐かしいですね」

ん？　何だろう、皆同じ事を言っている筈なのに、微妙にすれ違っているような……

「それにしても、エドワード様との話し合いは残念でしたね。結局、リゼアに何が隠されていたのか、伺えませんでしたし……」

てくれたのに」

「あー、明らかに知っている様子だったんだけどねぇ。セラさんがいれば、自発的に話し

「こらこら、物騒な事を言うもんじゃありません。アンジェも人の事は言えないじゃないか……」

「えへへ、ケルヴィン君らしさが移っちゃったのかも」

アンジェがはにかむ。うん、やっぱり皆俺に対して甘かった。

エドワードとの会話についてだが、あれから俺は単刀直入に、リゼアがクロメルの飛空艇に狙われた理由を聞いてみたんだ。俺の問いにエドワードは平静を保っていた。少なくとも、外見上は。ただ、こっちにはアンジェがいるんだ。心の動揺までは隠せていなかったし、俺から見ても目が一瞬泳いだのが分かった。エドワード自身も、そう悟られている事を理解していたんだろう。ただ一言、こう言ったんだ。

『母を助けて頂いた命の恩人であり、ルノア、アシュリーの友人である貴方《あなた》には多大な恩がある。しかし、それは私個人の恩でしかありません。リゼアに仕える私からは、こう言う事しかできない。その件については、お話しできません』

エドワードはリゼアの中でもかなりの地位にいると聞く。なぜリゼアが狙われたのかを、あいつは知っている。見透かされている、最大限俺達《たち》に敬意を払う、だけれども立場と責任がある。それらを考慮した結果、分からないではなく、話せないと答えたんだ。

俺達はそれ以上エドワードを追及しなかった。エドワードはシルヴィアやエマの兄妹のようなもの、不仲になりたくないってのもあるし、たぶんあいつは暴力に屈するような輩《やから》じゃない。どうやってもあの場では聞き出せないと分かったから、説得を早々に諦め挨拶を済まし、この谷へと急行した訳だ。

――但し、完全には諦めていない。

『ジェラールか？　悪いんだけどさ、エレンさんに手紙を書いてもらってくれないか？　詳細は配下ネットワークに上げておくからさ、それを伝えてくれ。え、近くにピンクの悪魔がいるから行きたくない？　ジェラールらしくないな。よく分からないけど、それも試練って奴だろ。ファイト！』

俺が駄目なら、エレンさんに聞き出してもらおうって寸法だ。母が認《したた》めた文章になら、僅かながらに言ってしまう可能性があると思うんだ。こう、ポロッと弱音を吐いてしまう感じで。おっと、そうだった。エドワードからの手紙はクロトの保管に入れて、ガウンにいる分身体に配達。ついでにこれもジェラールに届けてもらう。

それにしても、ジェラールにしては珍しく声が震えていたな。一体、何をそんなに怖がっているんだろうか？……いや、十中八九予想は当たってるだろうけど。ピンクとか言ってたし。

『右手側に風の隙間があります。そこで休憩しましょう』

千里眼を持つエフィルが魔力と風の流れを先読みして、安全な場所を探し出してくれた。この中で一番足が遅いのは俺なので、ジェラールとの念話中も全力疾走だ。仲間の中でトップスピードを争う2人が相手だと、どんだけ俺はとろいんだと心配になってしまう。仕方ない、この2人には流石に分が悪い。風神脚Ⅱ《ソニックアクセラレート・デュアル》を使えば何とか太刀打ちできるが、あれは効果時間が心もとないのだ。だから、基本は根性である。

『ほいっ、到着！　少しの間透過を解除するから、周りに気を付けてね』

『了解』

『承知しました』

それにしても、谷の内部はまた一段と酷い有様だ。入り口の壁みたいな逆風もどうかと思ったが、この辺りは前後左右上下、ありとあらゆる方向に攻撃的な暴風が吹き荒れている。これがゲームだったら、正しい風に乗って行けば最終的に奥に到着する、なんて仕掛けになっているんだろう。だが、ここの風はそんな仕来りなんて知らねぇとばかりに、風が刃の如《ごと》く鋭い。触れた瞬間即アウトな全自動ミンチ機械、そんな危険な代物が四方八方を埋め尽くしているのだ。正攻法で攻略するには、結構な手間がかかるダンジョンと言えるだろう。今は急いでいるから、ちょっとだけずるをしているけどね！

『近いな』

『うん、大きな気配を奥に感じる。でも、う～ん……？』

『アンジェさん、どうしました？』

スキルの再発動をしつつ、アンジェが難しい顔をしている。

『それがさ、確かに竜王の気配は感じるんだけど、それとは別にもっと大きな気配もあるんだ。それも、2つもさ』

『……言われてみれば。このでかい気配が竜王だと思ってたが、それとは別に何かいるな』

『警戒を強めます。慎重に進みましょう』

俺達は進行を再開する。しかしこの気配、どこかで……

◇　◇　◇

……ここで考えても始まらないか。風竜王のいる最奥までは、まだ距離がある。考え事をして警戒を怠るのは愚かでしかないだろう。さ、集中集中！

『ねえ、このうちの1つってギルド長の……解析者の気配じゃないかな？』

『え？』

と、俺が気持ちを入れ替えようとしている最中、頼りになるアンジェさんがそんな事を言い出した。やはり、その道のプロはひと味違う。しかし、よりにもよってリオルドか。

言われてみれば、この狸《たぬき》な気配は！って感じなんだが、リオルドか……幸先《さいさき》悪いなぁ。

この世界に転生して、初めて俺が出し抜かれたのがギルド長時代のリオルドだったせいもあって、未《いま》だに苦手意識を持ってるんだよな、俺。戦い辛《づら》いんじゃなくて、人間的に弱みを握られているというか……もちろん、この感覚は俺個人のものでしかない。リオルドが使徒であると判明した今となっては、実際にビビる必要は全くない。……が、苦手なもんは苦手なんだ。あの狸に何度煮え湯を飲まされた事か！

『確かに、こいつはリオルドだな。って事は、もう片方のでかい気配も使徒のもんか？』

『ちょっと待ってね、うーん……どうだろう？　私は会った事がない人かも。少なくとも、トリスタンではないと思うけど』

アンジェが使徒時代に会っていない奴となれば、第2柱のサキエルか？　リオルドと一緒に、何でこんな所に？　奴らも風竜王に用があったのか、もしくは俺達に対する待ち伏せか――って、だから考えてもキリがないって。

『最悪を想定すれば、風竜王は既に使徒達と手を組んでいて、あの飛空艇を更に強化しようとしている、とかかな。仮にリオルド、サキエル、風竜王が一斉に敵となれば、流石に厳しい』

『特に帝王サキエルは、黒いメルフィーナ様とステータスを共有していると伺っています。それが真実だとして、奈落の地《アビスランド》でご主人様が刃を交えた際のメルフィーナ様の力を基に推察すると、その……』

エフィルが言い淀《よど》む。ああ、無理に言葉にする必要はない。俺だって分かってるんだ。仮にそうだとすれば、勝機はまずないって事がさ。ましてや、リオルドと風竜王が戦いに参戦すれば状況は絶望的だ。おっと危ない、よだれが垂れるところだった。

『でも、まだ気配の片割れがサキエルだって決まった訳じゃない。今までずっと姿を隠していた奴が、こんなところに現れるってのもおかしな話だ。風竜王の加護は必要不可欠、もしもに備えて逃走用の携帯用転移門は準備しておくとして、今は兎に角進もう。話はそれからだ』

『承知しました。アンジェさん、進みましょう』

『あらら、2人ともやる気になっちゃった。ま、クロメルの能力があったとしても、行き成り選定者がそんなオーバースペックを使いこなせるとも思えないしね。ある意味、不慣れな今がチャンスなのかな？　よーし、お姉さんも気合い入れるよ！』

ギュンと、谷をど真ん中から全力で疾駆する。アンジェのスキルが発動しているこの間に、一気に風竜王の間まで詰める。アンジェの力が及ぶこの状態であれば、どんな不意打ちも意味をなさず、全てが空振りに終わる筈《はず》だ。

『見えてきました！　視界に入った情報全てをリンクします！』

配下ネットワークを介して、エフィルの見ている視界情報が俺とアンジェにも共有される。暴風を巻き起こしていた谷の中とは打って変わって、谷の行き止まりとなる風竜王の間は静寂に満ちていた。無風、無音。まあ実際の音までは分からないのだが、イメージとしてはそれが相応《ふさわ》しい。

風竜王の間は場所によって段差があり、平面という概念を捨て去るように起伏が激しくなっている。そしてその中で最も起伏が激しい高所の頂点に、風竜王がいた。虫の羽、いや、この場合は妖精の羽と喩《たと》えるべきか。後ろまで見通せる透明で細長い羽が何枚も背中にあり、緑の体自体は他の竜王達よりも大分小さく、精々がロザリア程度のもの。うちのボガやムドに比べれば、非常に可愛《かわい》らしいサイズだ。

俺達が自分の住処《すみか》に侵入している事は、もう察知されているだろう。それでも風竜王はその場で寝そべったまま、一歩も動こうとしなかった。もしくは動けないのか、微妙に判断に困る。しかしその瞳は、俺達に何かを訴えかけているようにも見えた。

『問答無用で攻撃に1票！』

『ご主人様と同意見です！』

『見るからに罠《わな》だもんねぇ。私もそれに1票！』

全会一致。それほどまでに、広間の竜王前にて待ち構えるあいつが怪しかったんだ。今となっては姿をこの目で見るのも懐かしい、元ギルド長リオルドの姿がそこにはあった。相変わらず、何を考えているのか分からない面構えだ。気配だけはあるもう1人の姿はない。地面から飛び出した壁の背後にでも隠れているんだろう。こちらも厄介な存在だ。

「久しぶりだね、ケルヴィン君。それにアンジェ君にエフィ、っと……！」

リオルドが何やら語り出したが、俺達が為《な》すべき事は変わらない。先制攻撃、エフィルによる蒼炎《そうえん》の制圧射撃だ。リオルドはこれまで隠してきたその身体能力で矢を躱《かわ》し、老体とは思えない軽快さで高所へと繋《つな》がる壁に跳び、張り付いた。エフィルの攻撃の余波で空間の低い場所、その大部分が炎で覆われる。次いでアンジェの正確無比なクナイの投擲《とうてき》がリオルドを襲ったが、これも奴《やつ》が持つ剣で難なく弾《はじ》かれてしまった。

「やれやれ、再会の挨拶もなしかね？　トリスタン君のような気分だよ。一応言っておくが、私に交戦の意思はないよ」

リオルドは壁に張り付いたまま、器用にも両手を上げて戦わない事をアピールする。それでも攻撃は止めない。敵か味方か不明な風竜王に余波が届かない範囲で、前進しつつリオルド目掛けて武器魔法で攻撃を続ける。

『悉《ことごと》く躱されているな……』

『スピード自体は大した事ないんだけどね。能力を回避特化で揃《そろ》えているんじゃないかな？』

奴の『神眼』による複合魔眼。攻撃を予知したり動体視力を極限にまで高めたりと、何をするにしてもS級相当の芸をしてくれるんだったか。これはアンジェに攻撃を当てるくらい難儀になるな。

――ズゥン！

「「――っ！」」

突然、俺達《たち》とリオルドを結ぶ直線上にジェラールのような全身鎧《よろい》が現れた。というか、空から降って来た。金と黒で彩られた、見るからに異彩を放つ鎧だ。鎧は俺達が放った攻撃をその身1つで弾いてみせ、リオルドの盾代わりとなった。

俺達の察知能力は危険度マックスとなる警報を一気に鳴らし、全力で警戒せよと呼び掛ける。ははっ、今日はやけに勘が冴《さ》えてるな。デラミスでコレットに資料を見せてもらったから分かる。あれはリゼア帝王の鎧、つまりサキエル本人だ。

「解析者の言葉に続けて宣言する！　我らにこの場での交戦の意思はない！　我らに交戦の意思はないっ！」

何を言うかと思えば、お前もか。って、おいおい、マジで戦意ないのか？　鎧は俺達の攻撃を受け止めるだけで、そこから一歩も動こうとしない。クロメルとステータスを共有しているといえども、立派な帝王の鎧には亀裂が走り始めている。

「……無抵抗は卑怯《ひきょう》だろ。最高につまらない」

結果、俺は攻撃を止める指示を出す事になってしまった。

「いやさ、私も同じ台詞《せりふ》を言っていたんだけど、何で今度は止まるのかな？　ギルド長として働いていた時、私も大分ケルヴィン君を支援していたと思うよ？」

それはどうか自分の胸に聞いてもらいたい。リオルドの言葉よりも、サキエルの行動が響いたって事じゃないかな。それに、サキエルには倒す前に聞いておきたい事があったんだ。

「サキエル・オーマだな？　リゼアの王だった」

「……そうだ」

土煙の中にいるサキエルの様子は変わらない。鎧の節々は破損してしまったが、中身を覗《のぞ》けるほどのものでもないから、その正体は未だ分からない。だから、今のうちに言っておく。

「お前さ、舞桜《まお》じゃないか？　佐伯《さえき》舞桜、数百年前の勇者のさ」

俺は当初から気になっていた疑問をサキエルに投げ掛けてみた。確信があった訳じゃない。ただ、何となく。

「……なぜ、そう思う？」

「殆《ほとん》ど俺の勘だけど、名前の並びが絶妙過ぎ、狙い過ぎだったからさ。サキエル・オーマって、少し並び変えれば佐伯舞桜《さえきまお》じゃないか。自分からネタばらししてるみたいで、逆に不審に思ったくらいだ。で、どうなんだ？」

「……」

俺の問い掛けにサキエルは無言のまま兜《かぶと》に手を掛け、そしてそれを持ち上げてみせた。

「これはこれは……選定者、良いのかい？」

「ああ、問題ないよ」

ふわりと、黒き髪が兜から解放される。出て来たのは俺とそう変わらない年齢であろう黒髪の男、そいつは俺と目を合わせて微笑《ほほえ》み、こう言った。

「そっか。貴方《あなた》はメルフィーナさんから、あの時の話を聞いたんですね？――ケルヴィンさん」

◇　◇　◇

兜を脱いだサキエルは、いや、もう舞桜であると断定していいだろう。舞桜はそんな空気じゃないっていうのに、吹っ切れたような爽やかな笑顔を作っていた。

「ケルヴィンさんはどこまで知っているんですか？　何て、無粋な事は聞かないでおきましょう。貴方は俺を知っている。それだけで十分です」

……やっぱ駄目だな。十字大橋《クルスブリッジ》の時と同じで舞桜の顔を見ても、日本人っぽいってくらいにしか認識できない。完全に初対面な感覚だ。だから、かつて旅をしていた仲間が裏切ったという感覚がなく、ショックも薄い。それでも、こいつが舞桜である事を確信してしまうのは、この身に魔力体となったメルフィーナを宿しているせいか。

「そうだね。心底驚いたけれど、私達が為すべき事に変わりはない。何よりも得難いのは、私達がこうしてケルヴィン君達と話し合いの場を設ける事ができた事実だ。いやはや、それだけが心配だったんだよ、私はね。風竜王の加護は君にとって必要不可欠なもの。だから絶対に来ると思って、ここで待たせてもらった。ああ、後ろにいるこの場の主には、少しばかり静かにしてもらっている。彼はケルヴィン君の敵ではないから、その辺も安心してくれたまえ」

「何度も言いますが、俺達にこの場での交戦の意思はありません。信じろというのは無理な話だと、重々承知しています。それでも、どうかお願いします」

リオルドは兎《と》も角《かく》、舞桜の言葉に嘘《うそ》はないと思う。しかし、話し合いの場を設けるだと？　つまり、クロメルの使徒である2人はわざわざここに、俺達と会話する為《ため》にやって来たという事なのか？　ただ1つ言えるのは、風竜王が完全に被害者側で不憫《ふびん》って事だろうか。

「ああ、色々と思うところはあるだろうが、まずはそのまま聞いてほしい。エフィル君も、どうかその矢をつがえたままで結構だよ。そうでもしなければ、フェアじゃないだろう？」

「……っ」

「先ほどの問答から察するに、ケルヴィン君には無抵抗の人間を攻撃する趣味はないようだしね」

「元ギルド長だけは例外って事で、攻撃するのも吝《やぶさ》かではないぞ？」

「ハッハッハ、差別は良くないなぁ。君らがここに来やすいよう十字大橋《クルスブリッジ》の関所封鎖を解除したりして、私なりに尽力しているのだよ？」

「砦《とりで》の扉か。リゼアの兵が食い違った事を喋《しゃべ》ってたと思えば……」

危うく敵と間違えられそうになったってのに、この恩に着せるような表情が実に気に食わない。ただ、それもリオルドの計算の内なんだろう。ここで取り乱せばあの狸《たぬき》の思う壺《つぼ》だ。冷静に、冷静に。

俺達は既に風竜王の間の内部にいるが、リオルド達との距離はまだある。エフィルは2人に向けて矢を構えているのだが、それさえも構わないとリオルドは言った。舞桜は兜を両手で持ったまま不動、リオルドは剣を腰の鞘《さや》に収め、何もしないとまた両手を上げている。

『エフィル、そのままの体勢で警戒し続けてくれ。不審な動きをしたら、そうだな……特にリオルドに向けて矢を射ても構わない。アンジェは周囲にも気を配ってくれ。罠か何かを仕掛けられている可能性もある』

『承知しました』

『了解だよ』

今の段階で用心できるのはこれくらいか。さて、問題は話し合いの内容だが……

「それじゃ、まずは私から。さて、何から話していくべきかな？　ケルヴィン君は既に色々と知っているようだし、手間は省けるのだけれどね。その境界線を引くのが難しい。そうだな……選定者の事を知っていた。イコール、何らかの手段でメルフィーナと連絡を取り合い、我々の情報を入手した、という体《てい》でいこうか」

「……」

ったく、本当にやりにくいな。このおっさんは。

「どこまで君が教えられたのかは定かではないが、我らの主、クロメルの目的は君と戦い、楽しませる事にある。最高の舞台を構築し、最高の相手を揃え、最高の気分で死んでもらうって寸法だ。だから、ここではまだ戦わない。君の準備が完璧には整っていないからね。実に単純、とはいかないが、その趣旨は君も望むところだろう？」

「最後の死ぬってところ以外はな」

「ハッハッハ、まあそうだろうね。だけどね、クロメルの狙いは決してそこで終わるようなものではない。極限まで強くなる道は、その度に孤独の道へとも繋がる。今はこの竜王や我々使徒のように敵となる者がいるから、その意識も薄いだろう。だが、その先は？　我々を打破した先には何がある？　自らと同等の力を持つ、その仲間達と殺し合うのかね？　それは酷《ひど》く悲しい事だ。頂点とは空《むな》しいものだ。クロメルもそんな事を望んでいない。君は君のままで、何の憂いもなく戦ってもらいたい。戦い続けてほしいと思っているのだからね」

「……で、クロメルは俺を殺して、どうしようってんだ？」

一応聞く振りはしておくが、これについてはもうメルから夢の中で聞いている。リオルドが話した内容も、殆ど同じ内容だった。クロメルが創造した新たなる世界への転生、記憶をリセットしての新たなる人生。輪廻《りんね》という名のクロメルの手の上で、俺は戦いに満ちた最高の人生を歩み続ける。

仮にそうなれば、この世界に来た時のように戦いを繰り返していく事だろう。クロメルの提案は俺にとって魅力的で、そして恐ろしい。まるでゲーム盤で遊ぶが如《ごと》くの発想だからだ。俺がこれまで築いてきた絆《きずな》、歩んできた足跡は掛け替えのない財産となっている。死んだらそれらを失ってしまうのは同じ事だが、俺は決して許容しない。

「――と、クロメルの目的はこんなところだよ。ケルヴィン君、君は本当に彼女に想《おも》われていると、私が保証しよう。想い人に嫌われる事を厭《いと》わず自ら悪役となるなんて、そうそうできる事ではないからね」

「……元から嫌ってなんていないさ。ただ、間違った行為は正してやらなきゃならない」

「そうかい。その台詞は本人の前で言う事だ。しかし、ふふっ……！　君はつくづく女難の相があるんだね。もう分かっているだろうが、クロメルはメルフィーナの側面だ。私個人としては、君達の仲が上手《うま》くいくよう願っている」

「感謝して話半分で受け止めるよ。話が変わるが、リオルドが使徒の根城に残したあの日誌、あれは何のつもりだ？」

セラとアンジェがリオルドの部屋から発見した謎の日誌。中身の殆どは何の代わり映えもしない、ギルドの業務連絡を記したページばかりだった。だが、日誌の中には綺麗《きれい》に折り畳まれた紙が1枚だけ挟まれていた。クロメルが乗るあの飛空艇、その資料である。

「ああ、それについても勿論《もちろん》話すつもりだった。ケルヴィン君から言ってくれて助かったよ。何しろ、歳《とし》のせいか最近忘れっぽいからね」

「とぼけるなよ。戦艦エルピスアルブム、だったか？　あのデカブツに設置された武装やその最大威力、最高高度、果ては内部の区画構造まで詳細に記されていた。お前が間違えて日誌に挟んで、そのまま放置したなんて事はないだろ。どういうつもりだ？」

「どういうつもりと言われてもね。正真正銘、私の厚意だよ？」

「……」

期待はしてなかった。うん、最初からリオルドが正直に言うなんて期待していなかった。

「そんな怖い顔をしないでおくれよ。分かった分かった。ちゃんと話そう。実は、これもクロメルからの指示でね。ケルヴィン君達をテストしているんだよ。創造者の遺産、最高傑作の1つであるエルピスを、ケルヴィン君達が如何《いか》にして攻略するのかをね」

◇　◇　◇

リオルドは一見爽やかに見える偽りの笑顔を顔に貼り付かせながら、何の遠慮もなしにテストだと言い放った。またふざけているのかとも思ったが、舞桜も否定せずに動かない。どうもマジなようだ。

「テストだって？……何の為にだ？」

「ケルヴィン君が彼女と戦える高みにまで来ているのか、最後に確かめる為だよ。前に体験してもらった通り、エルピスには馬鹿げた威力の風力発生装置が備わっている。あれはクロメルの魔力に直結されていて、威力と射程範囲は君達《たち》も知るところだろう。アンジェ君の力を使ったとしても、精々アンジェ君の最速スピードに付いて来られる者しか入り込めないんじゃないかな？」

この谷を攻略した時と同じ方法での侵入か。もちろんその方法は俺も考え、アンジェを交えて相談もした。だが、そこで出した結論はリオルドの言う通りで、飛空艇が出す風の影響を受けない範囲外から能力を使ったとしても、そこからアンジェが全力で駆け抜けて何とか通り抜けられる、といった具合だった。俺の魔法は途中で加速時間が途切れるから除外、エフィルやセルジュなら付いて行けるかもしれないが、クロメルや使徒が待ち構える敵陣に3人だけで向かうのは自殺行為に等しい。

だからこそ、真っ正面からあの風を封殺する必要があった。リオルドが残した飛空艇の資料には、クロメルと飛空艇が生み出す風がどの程度の威力なのかまで数字で記されていた。俺には理解不能な計算式だったが、その辺はシュトラとコレット、セラによる解析班が逆算して、それに抗《あらが》う為に必要なエネルギーを導き出してくれたのだ。その答えが全竜王による息吹《ブレス》攻撃だった。

「クロメルは君を待っている。ケルヴィン君が持つ力や人脈、私が用意した資料、仲間達の力全てを結集して、自分に歯向かえる力を向けてくれるのをね。不器用な彼女はそんな事でしか、もう君と接する事ができないと思っているんだ。エルピスは言わば、ケルヴィン君の想いを測る計測器のようなもの。半端な想いで来られたら、千年の愛も覚めてしまうってものだ。だから、せめてエルピスを打破できる事を証明してから、クロメルの下へと向かうといい。何、時間はいくら掛かろうとも構わないさ。その間にも、ジルドラの作品達を世界中に投下させてはもらうがね」

「そいつはありがたい申し出だ。けど、そう悠長にも構えてはいられないさ。そうしている間にクロメルが転生神を引き継いだら、それこそ目も当てられないだろ？」

さっきからリオルドはクロメルが転生神であるように話しているが、実際にはまだ世界を統べる転生神とはなっていない。エレアリスの肉体とメルフィーナの力を奪って、限りなくそれに近しい存在になっているだけだ。真に神となる為には、クロメルが白翼の地《イスラヘブン》へ到達する必要がある訳だが――

「実を言うとね、我々は既に白翼の地《イスラヘブン》の場所を探し出している。あの浮遊大陸には強力な神の結界が施されているんだが、それも神と同等の力を持つクロメルがいれば打ち破る事は容易《たやす》い」

――本当に待っていたんかい。

「じゃあ、何だ。クロメルはとっくに準備が整っていたってのに、俺の為にそんな悠長に待っているのか？」

「別にそこまで不思議な事ではないだろう。彼女の目的はあくまでも君なのだから。さ、私からは以上だ。愛情表現が下手な彼女の代わりに、どうしてもこの事を伝えておきたくてね」

いつまでも待っている。人間から魔人に進化して、老いる事がなくなった俺にそんな事を言うとはな。ああ、クロメルは待つだろう。何せ、こんな気の長い計画を本気でやり遂げようとする女だ。今更何年何十年経《た》とうと、大した差はないんだろう。

そして、クロメルは俺が奴《やつ》の飛空艇に向かう事を確信している。クロメルはこの世界で間違いなく最強最悪の力を手に入れている。極端な話をすれば、俺が求める先の到達点が自分なのだから、理性的な戦闘狂である俺は自《おの》ずと自分を求めるだろうと、そう考えているのだ。

「有益な情報をありがとうよ。精々、今後の方針に活《い》かさせてもらうとするよ」

「ああ、是非ともそうしてくれたまえ。それと、選定者からも君に伝えたい事があるそうだよ？」

リオルドはそう言って舞桜《まお》と交代するように下がり、そのまま片眼鏡を拭き始めた。俺が皮肉をいくら言ったところで、微塵《みじん》も気にしていない様子だ。

「今度は舞桜からか」

「ええ、俺からです。解析者とは別件で、主にリゼアに関する事をお話しします。ここに来る途中、エドワードと会いましたね？　彼、リゼアについては全然話そうとしなかったでしょう？」

今の舞桜はリゼアの王になってから、かなりの年月を生きているんだったか。メルの話に出て来た舞桜とはまた別物、そう考えた方が良いかな。

「ああ、義理堅い男だ。舞桜が信頼されているのが、直接会って痛いほど分かったよ」

「ええ、彼はデラミスの聖女と肩を並べられるほど、根が真《ま》っ直《す》ぐなんです。その上で平和について真剣に考え、実行する能力がありました。俺達がリゼアを壊滅させなければ、戦乱の最中にある西大陸が落ち着くのも大分早まっていたかもしれません」

コレットと比較されると、ちょっとエドワードの純粋さが穢《けが》れるというか、逆に失礼に当たるというか……いや、コレットも信念は絶対に曲げないけどさ。

「お前も信頼しているみたいだな。それで、舞桜はそんなエドワードが望む平和を何で邪魔したんだ？　長い時を治めていたリゼアの全てを裏切って、首都の壊滅までしてさ」

「……」

舞桜の表情が僅かに強張《こわば》った。おっと？

『心臓の鼓動が少しだけ速くなった。良心が痛んでるって事かな？　後悔が全くないって訳ではなさそうだね』

表情どころか、アンジェさんにはそんなところまで聞こえているようだ。

「痛いところを突かれてしまいましたね。でも、クロメルがエルピスを動かした時点で、俺がリゼアを抜ける事は確定事項だったんです。だから、リゼアの首都に残された創造者の研究施設は跡形もなく破壊する必要があった」

「創造者の？」

創造者。ジルドラのって事か。ジルドラはジェラールが仕えていた国を滅ぼした時、エルフの姿でリゼアの所属だった筈《はず》だ。その頃からリゼアには奴の研究施設があって、ゴーレムやらあの飛空艇やら、クロメルが求めるものの研究をしていたのか……

「作ってしまった俺達が言うのも何ですが、創造者の施設にある技術、機材は人間の手に余るものばかりでした。その施設の存在を知る者は王であった俺とそこの職員、後はエドワードを含めた数人のみ。今となっては数年前に閉鎖しましたし、主である創造者もいません。ですが、施設は厳重に管理されてはいるものの、些《いささ》か巨大過ぎた。彼の研究所は城内どころか、首都の広範囲にまで伸びていましたから。漏洩《ろうえい》を防止する為《ため》にも、俺は首都ごと施設を破壊したんです」

なるほどな、だから住民達に避難命令を出したのか。目的は虐殺ではなく、施設の後始末だったと。あの飛空艇や巨大ゴーレムを見れば、ジルドラの技術が如何にオーバーテクノロジーだったのかが理解できる。

「エドワードもジルドラの施設について、何をするものなのか知っていたのか？」

「彼は俺の言葉を最後まで信じて、あの施設が国民の為になるものだと思っていました。今となっては思うところもあるでしょうが、彼は俺達の計画とは無関係です」

「そうか……」

「ケルヴィン君、選定者の言葉はやけにあっさりと信じるんだね？」

後ろで片眼鏡が何か言っているが、全く聞こえない。耳に入れてはならない。

「俺の話は以上になります。実を言うと、俺の場合は話をしに来たというより、ケルヴィンさんを一目見に来た意味合いが強いんですよ。ケルヴィンさんは変わりませんね。本当に良かった……」

「良かったのか？　自分じゃ全然分からないんだけどな」

「良かったんです。少なくとも、俺にとっては」

舞桜は含みのある笑みを浮かべた後に、持っていた兜《かぶと》を被《かぶ》り直した。

「さて、そろそろ時間だね。私達はこれで失礼するよ。私がこの場から去れば、そこの竜王も直に動き出すだろう。後は好きにすると良い。ケルヴィン君、その時が来れば、いずれまた」

リオルドは懐から聖鍵《せいけん》を取り出し、ワープするようにそこから消えてしまった。

『うわ、もしかして聖鍵《せいけん》の転移先が変わってる!?』

『奈落の地《アビスランド》ではなく、別の場所に転移したという事ですか？』

『転移先はあの飛空艇だろうな』

気が付けば、舞桜も同様に聖鍵《せいけん》を取り出していた。

「では、僕もこの辺で失礼――――」

「――待て。舞桜にこれだけは聞いておきたい。お前は何で使徒になった？　仮にも世界を救った勇者なんだろ？　セルジュとは違って、ここに大切な人がいる訳でもない。クロメルに転生されたとしても、加担する理由がない筈だ」

「……」

舞桜は掲げて使おうとしていた聖鍵《せいけん》を下げ、少し考えるような仕草をした。谷の暴風が聞こえるほどに、僅かな間静寂に包まれる。

「……魔王だったケルヴィンさんが討たれたとセシリアから聞いた後に、俺はその時に懇意にしていた使用人と共に元の世界へと帰りました。ほんの少しだけ時は経っていましたが、俺の家と家族は何1つ変わっていませんでした。浦島太郎みたいな展開にならなくてホッとして、でも唐突に異国の女性を連れてきた俺に家族は驚いて……」

「ギ、ギギッ……！」

舞桜の背後で風竜王の声がした。拘束が解かれ始めているんだろう。

「それでも、俺達は確かに幸せを築く事ができました。女神様からの恩恵だったのかは分かりませんが、病弱だったこの体はそれ以降病にもかかからず、健康そのもの。妻は子を3人も産んで、それから孫もできて……家族に見守られながら、俺は老衰という形で人生の幕を下ろしました。本当に幸せで、文句の付けようのないものでした。ただ――」

兜の漆黒の奥にある舞桜の視線が、不意に俺とぶつかった気がした。

「――ただ、ただ1つだけ悔いが残っていました。この世界で貴方《あなた》をメルフィーナさんに殺させてしまった事です。本来であればそれは、俺が負うべき罪だった。だから俺はメルフィーナさんを、いえ、クロメルに協力するんです。再び貴方をクロメルに殺させるなんて、歪《いびつ》な関係です。それでも、それが彼女の望みなのならば、俺は喜んで彼女の力になります」

◇　◇　◇

悔い、か。俺が魔王になってしまったのが原因で、随分と色んな奴を巻き込んでしまったみたいだ。皆の協力を得て戦うにしても、やはりクロメルとは俺自身がけりを付けなければならないだろう。そうしなければ、クロメルや舞桜が浮かばれない。何よりも、そんな最高のご馳走《ちそう》を用意してもらって、他の奴に食わせるなんて絶対にさせてはならない。そう俺の本能が言っている。

「……行っちまった」

その後、舞桜は聖鍵《せいけん》を使って消えてしまった。今更ながら、リオンとの関係も聞いておけば良かったと少し後悔。前に聞いた時、リオンは全然知らないようだったし。

「うん、もう解析者達《たち》の気配はないかな。選定者の正体には驚かされたねって、ケルヴィン君的には大丈夫だったかな？　えっと、その……」

「ああ、そう心配しなくても、思っていたよりもショックはなかったよ。俺自身、メル伝いで聞いた話程度の感覚なんだ。でも、気を遣ってくれてありがとな」

「ご主人様、無理をなさらないでくださいね？」

大丈夫だと説明しているのに、エフィルとアンジェはまだ不安に思っているようだ。俺、そんなに酷《ひど》い顔をしていたのかな？　一先《ひとま》ず２人の頭を撫《な》でておこう。なでりなでり。

「ギ、ギギギギッ……！　ダァアア────！　やっと動けたぁ────！　ったく、何なんだよもう！　行き成り現れて封印なんて施しやがって！」

あ、すっかり忘れてしまっていた。風竜王の封印が解けたみたいだ。風竜王は雄だったらしく、若干子供っぽい声で風を撒《ま》き散らしながら怒声を上げている。風の刃はこの広間にまで影響を及ぼし、起伏のある床や壁などにズバズバとその爪痕を残していく。俺らはアンジェの能力で丸っきりそれらを無視しているのだが、こいつ全然俺らの事を考慮していないな。

「あとお前らっ！　人の巣に勝手に上がり込んで、何イチャイチャしてんだよっ！　嫌がらせか、この上ないほどの嫌がらせなのかっ⁉」

逆か。これ以上ないってくらいに考慮してたな、こりゃ。確かによくよく考えれば、状況的にはそんなニュアンスで大体合ってるけどさ。風竜王としては踏んだり蹴ったりだろう。

「ええっと、風竜王さん？」

「フロム！」

「え？」

「僕の名前だ！　竜王って何か重い感じがするから、呼ぶなら名前で呼んでよね！」

「……フロムさん？」

「な、なんだよぉ……（ぽっ）」

急にフロムが女声になった。うん、たぶんこいつも面倒臭い性格をしてる。風を司《つかさど》る竜なだけに、性格も竜王一自由気ままなんだろうか。ダハク以上に感性豊かで、ムド以上に偏食だったら俺は泣いてしまうぞ。今まで碌《ろく》な竜王に会った例しがないだけに、不安は募るばかりだ。

「――という事でさ、是非ともフロムさんにも協力してもらいたいんだ。どうかな？」

俺はこれまでのあらましをフロムに説明して、飛空艇迎撃の協力をお願いした。気分屋のフロムは黙ったまま聞き入ってくれたようだが、正直どう思ってるのかまでは読み取れない。というか、竜の状態だと表情が分かりにくい。

「それってさ、さっきの爺《じい》さんと鎧《よろい》男に報復できるって事？」

「まあ、間接的《ち》にはそうなるけど……」

「ならやる。僕ん家のセキュリティを抜けて、寝込みを襲って来たような奴《やつ》らには天罰を与えてやらないと！」

あ、谷の風って防犯用のセキュリティだったんだ……猛犬注意ならぬ、暴風注意の立て看板くらいは設置しておいてもらいたい。それに寝込みを襲うとか、リオルドが変態であるかのように聞こえるな。フロムを封印したのはリオルドみたいだったたし、事実は事実か。いいぞ、もっと言ってやれ。俺が許す。

「そうか、助かるよ。実はもう火竜王、土竜王、光竜王からの了解は得ているんだ。他の竜王達とも交渉中で、それが決まったら追って連絡するよ」

「え？　土の爺ちゃんは兎《と》も角《かく》、あの暴れる事しか能のない火と、行方不明な光も了解してるの？　本当に？」

たぶん、君が思い描いている人物はその中に1人もいないと思うな。どうもフロムは、ここ最近竜王の座が大幅に入れ替わっている事を知らないみたいだ。仕方ないから説明してやる。

「――という事なんだが、分かってくれたか？」

「へぇ～、総入れ替えかぁ～。僕ずっとここで眠っていたから、全然気付かなかったよ。火のいる火山なんて、比較的近場にあるってのにね！　あははは！」

……ノリが軽い。

「それでだな、実はもう1つフロムさんにお願いがあるんだ」

「何さ？　ケルヴィンと僕の仲だろう？　遠慮せずに言っておくれよ」

ほう、俺の知らぬうちにそんな仲になっていたのか。

『ケルヴィン君、この際仲が良いって体《てい》で話を進めなよ。さっきみたいに、軽い感じで加護が貰《もら》えるかもよ？』

『アンジェさん、それではご主人様の最大欲求が満たされないのでは？』

『あ、そっか。どうする？　流石《さすが》に挨拶がてらにナイフを投げるとかは、私もどうかと思うんだけれど……』

止《や》めなさいって。甘やかしてくれるのは嬉《うれ》しいけど、理性的な俺はそんな事はしません！……たぶん！

「無理なのは重々承知で敢《あ》えて言うんだが、フロムの加護を俺にくれないかな、と」

「加護ぉ？　加護って、僕の加護？　風竜王の？」

「その加護だ」

「んんー……そりゃあケルヴィンと僕の仲だし、加護を与えるのも吝《やぶさ》かではないんだけどね」

だから距離を詰めるのが早いって。ノリが軽いって。

「けど、ケルヴィンからは光と土の加護の気配を感じるしなぁ。それ以上加護を持っちゃうと、体が許容できなくなって爆発しちゃうかもだよ？」

「えっ、そうなのか!?」

確かに西大陸に渡る前に、俺はダハクとムドから加護を貰っていた。だけど、加護の数によって許容制限があるなんて初耳だぞ？　シルヴィアとかも水と氷の2つの竜王の加護を持ってたし、てっきり貰えるだけ貰えるもんだと思っていたんだが……あれ、メルの加護まで持ってる俺って、もしかして結構ギリギリ？

「ううん、嘘《うそ》。その焦り様だと、さっきの竜王を配下に置いてるって話は本当みたいだね。なるほどなるほど」

「……」

やっぱり喧嘩《けんか》を売るべきだったな。今からでもアンジェから手袋代わりのナイフでも借りようか。

「分かった、加護を与えてあげるよ。これを受け取ったからには、僕の唯一無二の親友としてキチンとお付き合いする事！　必ずだからね！」

「知り合ってからこんな短時間で親友になった経験は、流石になかったなぁ……」

まあ、気軽に竜王と戦る《あそべ》立場だと思えば、寧ろ《むし》ありがたい事なんだけれど。

「それじゃ付与するよー。うわ、初めてだから緊張するなぁ。本当に爆発したらごめんねー」

「なあ、マジで冗談なんだよな？　本当に大丈夫なんだよな？」

俺の体を中心に、健やかな風が辺りを通り抜ける。ハラハラドギマギしながら付与の授与式を迎える俺。どうやら加護の付与は無事に成功したらしく、俺のステータス欄には土、光と並んで風の文字が刻まれていた。

さあ、これで俺の準備は完了した。後は皆の連絡を待つばかりだが――

「フロム、寝起きみたいだし、まだ本調子じゃないんだろ？　準備運動がてら、少し俺と戦《あそば》ないか？」

「え、いいの？　流石は親友、気が利くね！」

「結局こうなるんだねぇ」

「結局こうなりますね」

こういう場合、ノリが軽いのは非常に助かる。

◇　◇　◇

――レイガント霊氷山

西大陸の最北端には最極寒とされる、白の大地が広がる雪原地帯がある。嵐がなければ雪が積もった白の大地が眺められ、タイミングが良ければオーロラを空に見る事ができると、人々はこの世界で最も美しい場所の1つとしてこの場所を話題に挙げる事が多い。

しかし実のところ、美しい雪の下にあるのは大地などではなく、途轍《とてつ》もなく分厚い氷。だと言うのに場所によってはなぜか表面の薄い箇所も存在するので、運が悪ければ雪原に一歩足を踏み入れた瞬間、真下に広がる水の中に真っ逆さま。凍《い》て付く海水は侵入者の体温を瞬間的に奪い取り、そのまま海の底へ底へと引きずり込む魔の領域と呼ばれている。

「――だから、ここの雪はいつも綺麗《きれい》に保たれている。誰も、動物さえも、この雪原に足跡を残さないから」

「んな事は知ってる。俺が何年ここに住んでたと思ってんだ？」

「懐かしいですね。ここは今も昔も変わりません」

そんな極寒の地に、とある3人組が当たり前のように足を踏み入れていた。水竜王サラフィアに会いに来たトライセン組、アズグラッドとロザリア。そして、水竜王のところに向かった筈《はず》のシルヴィアだ。彼女らはこの地周辺の地元民でさえ絶対に近づかない雪原を、慣れた様子でぐんぐん進んで行く。迷いなく、寒さに震える様子もなく、全速力での前進だった。

「しっかし、ルノアまで一緒に来るとは思ってもいなかったぜ。確か、水竜王のところに行ってたんじゃなかったか？」

「ん、そうだけど……3秒で了解してくれたから、時間が余った」

「破格の待遇ですね……それで、たまたま空を飛ぶ私達の姿を発見したと？」

「そう。折角だから、サラフィアにも挨拶しておきたい」

「何つう偶然なんだか」

出会いの経緯、意外と適当である。しかしながら、そんな世間話をする余裕があるほどに歩みは快調だ。風で舞う雪を搔《か》き分け、その向こうに段々と白き山がうっすらと見えてくる。

「いーい天気だ。こいつぁ、サラフィアの機嫌が良い証拠だな」

「レイガント霊氷山周辺の天候は、母の機嫌次第で快晴にも猛吹雪にもなりますからね。アズグラッドとルノアが来る事を予期したのでしょうか？」

「ん、ロザリアも一緒だからかな？　快晴も快晴、雲1つない。足場の氷もしっかりしてる」

シルヴィアは確かめるように、雪の下へぐいぐいと力を込めている。それでも足場となっている氷が砕ける様子はない。

「あー、ご機嫌斜めだと薄い部分が広くなるからなぁ。寒中水泳は流石にもうしたくねぇ」

「それは自業自得でしょうに。母が怒るのはアズグラッドが悪さをした時くらいなもので、大体の日はこんなものですよ。お蔭《かげ》で竜王の住処《すみか》で、最も難易度設定が難しいと言われてしまっていますが……」

「機嫌が良いと最も温《ぬる》い、機嫌が悪いと最難関。ん、的を射てる」

「こう易々《やすやす》と進めてしまうのも、私はどうかと思いますが。雪山とは死の象徴。おいそれと侵入を許すのは、あまり褒められた事ではありませんよ」

「ならロザリアがさっさと跡を継いで、氷竜王になっちまえば良いじゃねぇか。それでコロコロと天候を変えられるのも、堪《たま》ったもんじゃねぇけどな」

「何を言いますか。エフィルメイド長の下で使用人としての矜持《きょうじ》、技能、その他諸々《もろもろ》を学んだ私が、些細《ささい》な事で感情を表に出す筈がないでしょう？　それに感情の起伏とは関係なく、この地を一定の環境に定めてみせます」

「そこは王としての矜持やらを学んだ方が良かったんじゃないか？」

それからも雪原では何も起こらず、モンスターと出くわす事もなかった。既に3人はレイガント霊氷山の山麓にまで差し掛かり、今も無駄話は続いている。天気は快晴、マジ登山日和である。

「お腹《なか》、減ったな……」

ポツリと、シルヴィアがそんな呟《つぶや》きを漏らした。アズグラッドはお前さっき間食の干し肉食ったばっかじゃんと呆《あき》れ顔《がお》、一方のロザリアは待ってましたとばかりにピクニックバスケットを取り出した。

「私、お弁当作ってきましたよ。中腹まで進んだら皆で食べましょうか。メイド長やリュカのレベルにまでは至らないと思いますが……」

「んーん、ロザリアの料理は私も認めるところ。感謝してもし切れない」

「お前、最近紅茶にも凝り出してるし、本気で竜王よりも使用人になった方が良いんじゃないか……？」

「アズグラッド、再三ですが何を言い出しますか。世の中には農業を営みながら竜王になる者もいるのです。メイドとして働きながら竜王をやったところで、何の問題も生じないでしょう?」

「お、おう……」

ロザリアのあまりの力説に、思わず引いてしまうアズグラッド。前々からフーバーと共に（こちらは適度にサボってはいるが）、メイド業にのめり込み過ぎているのではないかと不安に思っていた事が、見事に的中してしまったようだ。アズグラッドにとってロザリアは、相棒であり義理の姉のような存在。無事に氷竜王の場所へと辿《たど》り着く事よりも、そんな彼女の将来の方が心配になってしまう。

しかしながら、このダンジョンだってそう楽観視ばかりできるものではない。３人が登るこのレイガント霊氷山、この山頂こそが氷竜王、そしてロザリアの母であるサラフィアの真の住処だ。雪原地帯の魔の領域の恐怖こそはなくなるが、ここからは別の恐怖が始まる。

この雪山の土台は巨大な氷の塊で、その昔サラフィアがその力を使って作り出したものだとされている。氷塊自体が魔力の塊であり、一部のモンスターにとってはフェロモンとして作用する魔の香りだ。まんまと誘惑されたモンスターは女王の手足となって働くようになり、氷山を守護する。そういったモンスターの中にはS級までもが含まれており、たとえサラフィアの機嫌が良い状態であろうとも、危険なダンジョンである事は間違いないのだ。道中にはほぼ垂直に伸びる断崖絶壁も多数存在する為《ため》、登るだけでも至難の業である。

——尤《もっと》もアズグラッド達《たち》に限っては、氷竜王に魅了されているモンスター達が襲い掛かる事はないのだが。そういう意味では、やはり容易な道中だ。

「あー、俺がクライヴのクソ野郎が苦手だった理由を思い出した。何となく力の使い方が、サラフィアと似てんだわ」

「そうかな？」

「母をクライヴと一緒にされるのは心外です。確かに魅了の状態異常にする事はあります。が、それは侵入者をも殺したくないという母の慈悲深さの表れで、決して私利私欲の為に行っているのではないのです」

「やられる方からすれば、知らぬうちにこき使われるのも十分嫌だろうが。まあ、侵入者に限定してんならギリセーフ……いや、赤ん坊の俺を攫《さら》って来た前科もあったか。アウトだ、お前のおふくろは完全アウトだ」

「ほ、他の竜王と比べればギリギリセーフな筈です！　無益な殺生はしません、殺生は！」

「2人とも、落ち着いて。……敵が来た」

「「っ！」」

シルヴィア達の進行方向、その真横から衝突するように突き進む巨大な猪《いのしし》型のモンスターが地響きを立てて駆けている。敵意があるという事は、恐らくはサラフィアの魅了を受けていない。こんな場所に迷い込んで気が立っているのか、モンスターからは強い怒気が感じられた。

「おう、こんなところまで自我を保ってる奴《やつ》がいるたぁ、結構強い奴だな。俺の獲物だ、手は出すなよ」

「待って、アズグラッド」

「何だよ、こればっかりは譲らないぜ？」

焔槍《えんそう》ドラグーンを構えたアズグラッドは、振り向きもせずにそう返答する。

「違う、あれだけ大きな猪肉なら食べ甲斐《がい》も絶対凄《すご》い。ジビエは最初の処理工程が大事。倒す前に焼かないよう注意して。幸い周りは雪だらけで、私の魔法もあるし新鮮な肉を冷やすのには不自由しない」

「……何の話だ？」

「私は料理は駄目だけど、解体するのには自信がある。サラフィアへのお土産にすれば、調理してくれるかも」

「ルノア、よだれが出てますよ」

「……」

その後、アズグラッドはシルヴィアの指示通りに猪を倒した。

◇　◇　◇

巨大猪のモンスターを倒したアズグラッド達。太いロープを獲物に括《くく》りつけ、それを引きずる形で再び登山を開始する。

「アズグラッド、私が竜の姿で運んだ方が効率的ではないでしょうか？　流石《さすが》にそれを貴方《あなた》が運びながら断崖絶壁を踏破するのは、少し無理が……」

「うるせぇな、やるっつったらやるんだよ。あと少しで、俺も今の限界を超えられそうなんだ。道中が温いなら、自ら枷《かせ》を作るまでってんだ。行くぞっ！」

ロープを口に銜《くわ》えて、アズグラッドは垂直な壁を登り始めた。ボルダリングにしては摑《つか》む場所が少なく、また壁が氷であるが為に滑りやすいと、ただでさえ非常に危険なロッククライミングだ。その上で巨大猪の重量を口で支えるという、一見無謀にも思えるこの行い。しかし、アズグラッドは氷の壁に握力で無理矢理凹凸を作り、執念と根性でどんどん上へ上へと進んで行く。

「ん、良い登りっぷり」

「馬鹿と何とやらは紙一重ですね……私はここから竜の姿で飛んで行きますが、ルノアも乗って行きますか？」

「んー……きっと沢山運動した方が、後のご飯も美味《おい》しくなる。私も自力で登って行くよ」

「承知しました。それでは、また後ほど」

次の瞬間、ロザリアは白銀の竜となって頂上へと飛んで行った。アズグラッドのスピードも状況を考えれば驚異的なものではあるが、流石に空を飛ぶロザリアには敵《かな》わない。シルヴィアが空を見上げると、もうロザリアはアズグラッドを追い越していた。

「よし、頑張ろう」

シルヴィアはアズグラッドが作った足掛かりを再利用して、これまた尋常ではない速さで登り始める。アズグラッドがシルヴィアに抜かれるまで、そう時間は掛からなかった。

◇　◇　◇

「ふぅ、ふぅ……！　ぷはぁ――――！　やったぞ、登り切った！」

ズドガァンと引き上げた巨大猪を地面に放り投げ、アズグラッドは大の字になって地面に寝転ぶ。その地面も雪が積もる氷の上ではあるのだが、そんな冷たさが今は心地好《よ》い。

「本当にやり遂げてしまうとは……ある意味見直しましたよ、アズグラッド」

「お前に見直されても何の得もねぇよ」

「……？　私に見直されたい？」

「そういう意味でもねぇって……で、サラフィアは？　もう会ったのか？」

胡坐《あぐら》になって座り直したアズグラッドが辺りを見回す。ここはレイガント霊氷山の頂上、雲よりも高い位置にあるこの場所は空気が薄く、吐いた息が凍り付いてしまいそうなほどに寒い。頂上からの景色は正に絶景である。が、アズグラッドにとっては最早《もはや》見慣れたもの。懐かしくはあるが、それよりも今は氷竜王が最優先なのだ。

「貴方を待っていましたから、まだ会っていませんよ」

「ん、待ち時間の間にお弁当も食べた」

「お前、それふた箱目――いや、もういい。さっさと会いに行こう」

氷竜王サラフィアの住処には、氷の神殿が築かれている。そして、そこに至るまでの周囲一帯の様子も様変わり。獣道以下の過酷な場所を通って来たこれまでと打って変わって、この領域は見違えるほどに舗装されている。煉瓦《れんが》を思わせる氷が埋め込まれた通路、その両側には精巧な氷像が立ち並び、屈強な騎士や大いなる翼を背に持った女神、ペガサスなどといった幻想的な生物のものも多数あった。それら氷像の間を通って道を進んで行けば、やがては氷の神殿へと行き着く。

この神殿も実に豪華《ごうか》絢爛《けんらん》。とても氷で建てられているとは思えないほど繊細で、何よりも美しいのだ。白の世界に築かれた、透き通るほどに澄み切った透明感。初めて目にした者であれば、思わず溜息《ためいき》の1つも漏らしてしまうだろう。だが、そんな美しき神殿もアズグラッドやロザリアにとっては実家のようなもので、ここでも懐かしい以外の感情は出て来なかった。シルヴィアもどちらかといえば、食欲に対する欲求の方が優《まさ》っている。

「トラージにはかき氷という甘味がある。細かく削った氷の上に、甘いソースを掛けて食べる変わった食べ物。フルーツを添えると尚更《なおさら》美味しい。だけど、急いで食べると頭がキーンとする。アシュリーがこの前それで苦しんでた」

「おい、何でこの場所このタイミングでその話題を出した？　氷を食うって、流石の俺も寒さを感じるっての」

「ふう……アズグラッドは何も分かっていない。暑い中で食べる鍋が美味しいように、寒い中で食べるかき氷も乙なもの。アシュリーやナグアも同意してくれた」

「それって単なるイエスマンが頷《うなず》いただけじゃねぇのか……？」

「はいはい、お喋《しゃべ》りはその辺りにしておきましょう。きっと母が首を長くして待っている筈《はず》です。まずは顔を見せてあげませんと」

「お、おい、押すなって！」

パンと手を叩《たた》き、2人の背中を押して神殿へと進もうとするロザリア。久しぶりに育ての親に会うアズグラッドは気恥ずかしいのか、どこか落ち着かない様子だ。

「ここも相変わらずだな。いつもシンと静まり返って、俺みたいな野郎にとってはお上品過ぎる」

「そう？　うるさ過ぎるよりは、私はこっちの方が好き」

神殿の入り口を潜《くぐ》りその中の廊下を抜ければ、もうそこは女王の間、氷竜王サラフィアの住処《すみか》である。レッドカーペットならぬブルーカーペットを歩き、いよいよ3人は対面の時を迎えた。

「おかえりなさい、私の愛《いと》しい子供達よ。暫《しばら》く見ない間に、とても立派になりましたね」

氷の玉座の方から、妙齢の美しい声が響いた。サラフィアは竜ではなく人間の姿で玉座に座り、アズグラッド達を待っていたのだ。その容姿はロザリアのそれに限りなく近く、長い黒髪と白い肌が見目麗しい。ロザリアの母ではあるが、少し歳《とし》の離れた姉といっても不思議ではないほど若く感じられる。青の衣装は自身が司《つかさど》る氷を意識したものなのか、全身をその色で着飾っていた。

……あと、胸が途轍《とてつ》もなく大きかった。そこばかりはロザリアと一線を画しており、いや、ロザリアも決して小さくなく、むしろ大きい方ではあるのだが、サラフィアと比較するとそう評価せざるを得なくなる。まるでこれが母性だと言わんばかりに、セラやエストリアの更に上をいっていたのだ。

「ここもそうだが、サラフィアは全然変わりねぇようだな」

「ん、久しぶり。サラフィア」

「母様、ただいま戻りまし――」

「――おっかえりなさ～い！」

「「「ふわっぷ……！」」」

挨拶をしたのも束の間《つかま》、3人はまとめてその豊満な胸に包まれた。玉座を後方に吹き飛ばす勢いで跳躍したサラフィアが、突進しながら胸からダイブ。敵意がないだけに察知もできず、3人はそのまま押し倒されてしまう。

「もう、こんなに立派になっちゃってぇ♪　可愛《かわい》い愛しい狂おしい♪」

サラフィアは手慣れた様子で頬ずりに移行して、3人を平等に愛《め》でている。

「……トラージにはお餅という甘味もあった。あれも捨てがたい」

「だから、何で今それを言うんだよっ！　あー、ったくもう！　胸を押し付けるなっての！　あぷっ……！」

「あらあら、アズちゃんったら反抗期なのかしら？　どうなの、ロザリアちゃん？」

アズグラッドを胸で圧迫しながら、サラフィアは笑顔でロザリアに問い掛けた。ありきたりだが、アズちゃんは窒息の危機に突入している。

「まあ、普段の振る舞いはそれらしいですが、今やアズグラッドも一国の王となりました。子供ではなく、1人の大人として見て頂ければ幸いです」

「まああまあ、そうなの？　そうかしら？　ふーん、身分も立派になっちゃって……それじゃ、アズちゃんに悪い虫が寄ってないか、少し心配ねぇ」

遠い彼方《かなた》のお屋敷の中で、サボタージュ中のメイドがくしゃみをした。

◇　◇　◇

アズグラッド達《たち》はサラフィアに案内され、応接間に通される。応接間とはいったものの、その部屋に家具らしきものはなく、山頂の光景を見渡せる開放的な窓があるくらいだった。

「ごめんなさいね。暫くお客様がいらっしゃらなかったから、無駄なリソースは節約してたのよ。ちょっと待っててね」

サラフィアは部屋に向かって軽く息を吹きかけた。キラキラと輝く青白いその息吹《ブレス》は、部屋の中で舞いながら次々と氷を生成し、床から上に上がっていくようにあるものを形作っていく。それは椅子であったり、テーブルであったり、部屋を彩る装飾品だってそうだ。数秒もしないうちに何も置かれていなかった応接間には、多くの氷製家具が並べられていた。

「うん、良い出来ね。折角だから、アズちゃんが住んでるトライセン製の家具をイメージしてみたの。どうかしら？」

「無駄に凝ってるな……いや、すげぇけどよ」

「ん、冷たくない」

「母の氷は温度さえも自在に操作できますからね。少し硬くはありますが、凍傷になる恐れはない筈ですよ」

「できれば柔らかさも再現したかったんだけれどね～。頑張ったんだけど、やっぱり氷じゃ無理だったの。ごめんなさいね？」

それからサラフィアはアイスティーと、お茶請けのアイスキャンディーを3人に振舞った。アズグラッドは飲食する前から頭を痛そうに抱えているが、シルヴィアとロザリアは美味しそうにそれらを頂いている。氷使いは頭と精神がどうかしている。アズグラッドは心からそう思った。

「ええと、それで何だったかしら？　アズちゃんを付け回す悪い虫を駆除する話？」

サラフィア、今日一番の笑顔である。

「そんな話してねぇよ。飛び切りの笑顔で何口走ってんだよ……おい、ロザリア。これが慈愛に満ちた女王とやらなのか、ええ？」

「子供に対して愛の心が特別強過ぎるだけなんです。まあ、行き過ぎて罪になる場合もあるかもしれませんが、それもまた慈愛には違いないでしょう」

「おい」

「虫……？　アズグラッドの周りに虫は見当たらないけど？」

「まあまあ、ルノアちゃんったらホントピュア！　アズちゃん、お嫁さんにするならルノアちゃんみたいな子にしなさいな。というか、ルノアちゃんで良くない？　こんなに良い食べっぷりをしてくれる子なんて、他にいないわよ？」

「悪い冗談は止《よ》してくれ……」

「またまたぁ～。そういうつもりで一緒に来たんでしょ？　そうなんでしょ？」

サラフィアはシルヴィアの事をとても気に入っていた。彼女と出会った時期はアズグラッドを誘拐し、成長して国に帰ってから随分後の事になるのだが、周辺の敵対モンスターを退治したり、そのお礼にと振舞ったサラフィアお手製料理を大変美味《おい》しそうに食べてくれたのが主な要因となっている。

最初は知り合いの竜とお見合いをさせようと画策したりもしていた。しかし、人間の寿命は竜よりも短い。やはり人間の相手は人間でなければと、サラフィアはアズグラッドの相手を探すようになったのだ。そして幸か不幸か、偶然か必然か。現れたこのシルヴィアはサラフィアのツボにピタリとはまり、勢いで加護を与えてしまうほどに溺愛。育ての母がそんな事になっているとは露知らず、アズグラッドはシルヴィアと共に帰省してしまった訳だ。サラフィアが勘違いしてしまうのも無理はない。

「しゃりしゃりしゃり――」

この場にナグアやフーバーがいたら、それはもう大変な混乱が起こっていた。尤《もっと》も仮にそうなったとしても、シルヴィアは今と変わらずにアイスキャンディーを咀嚼《そしゃく》し続けていただろうが。

「今日はそんな話をしに来たんじゃねぇんだよ。本題に入るぞ、本題に！」

「え、お付き合いを飛ばして結婚するとか？　まさか、もう……!?」

「ちぃげ――――！」

その後、ロザリアから協力要請の話が無事になされる。

「――という事になっていまして、是非母様にも協力して頂きたいのです」

「うん、良いわよ。他ならぬ子供達からの頼みだもの。無償でやってあげるわ♪」

即答だった。

「……やけに呑《の》み込むのが早いな？　もっとこう、質問の1つもあるもんだと思っていたんだが」

「必要ないわ。だって私以外の竜王、もう全員が参加を決めているもの」

「あ？」

「え？」

「しゃりしゃりしゃりしゃり――」

サラフィア曰《いわ》く、逸早《いちはや》く参加を決めていた火・土・光以外の竜王、水・風・雷・闇の者達も、飛空艇攻略作戦への参加を承諾したという。どこからそんな情報を仕入れてきたのかは定かではないが、自分の所にも参加要請が来るだろうと、彼女は予《あらかじ》め踏んでいたようなのだ。

「なっ！　お、俺ら、ドベだったのかよ……！」

「まあまあ。ここはアズちゃんの国から最も遠い場所だし、仕方ないわ」

「と言いますか、なぜその事を母様は知っているのですか？」

「ふふん、これでも私は先代土竜王と光竜王の次に長く生きている竜なのです。そのくらいの事、お茶の子さいさいで把握してしまうものなのよ」

「それってかなりのババア――」

「――アズちゃーん？　その言葉遣いは少し美しくないわ～。私、これでも年齢は3桁に収めているのだけれど～。そうね、久しぶりに泳ぎの練習でもしましょうか？」

応接間の窓から見える美しい景色が、一瞬にして猛吹雪に変化した。

「さ、行きましょうか。お仕置きの魔の領域へ」

「お、おい、首根っこを摑《つか》むんじゃねぇ！　クソッ、この馬鹿力がぁっ！」

アズグラッドはサラフィアにズルズルと引きずられ、応接間から出て行ってしまった。

ロザリアはそれを止めもせず、黙って見送る。

「アズグラッドも懲りませんね。幼少の頃と同じ過ちを、何度重ねれば学ぶのか……」

「しゃりしゃりしゃり――」

「……ルノア、加減しないとお腹《なか》を壊しますよ？」

「まだ大丈夫。自分の限界は知っているつもり」

サラフィアのサービスなのか、テーブルに置かれた皿の上には今もアイスキャンディーが生産し続けられ、ひんやりとした山を築いていた。

「遠隔操作もお手の物、自分の能力で料理さえもしてしまうとは、我が母ながら末恐ろしいですね」

「ロザリアはできないの？」

「真っ当に調理すれば、これ以上に美味しいものを作る自信はあります。ですが氷竜王たる者、能力でこれくらいの事はできませんと……均一な規格でこれだけの大量生産、更には遠隔操作。今の私では厳しいですね」

そう口にするロザリアは手元で氷の串を生成し、その周囲にアイスキャンディーを纏《まと》わせてみせた。ロザリアが作ったアイスキャンディーは1本だけだったが、それだけに集中して作ったので素晴らしい出来だった。ただ、それでもサラフィアのものより少し優れている程度の差だ。

「今回は挑戦しないの？」

「ええ、そもそもダハクやムドファラク達にも及ばないレベルですからね。今はしません。ですが、いつか必ず……！」

「ん、ロザリアならできると思う。このアイスキャンディー、とっても美味しいし」

しゃくりしゃくりと、ロザリアのアイスキャンディーを2口で食べてしまうシルヴィア。そのまま無表情で量産アイスキャンディーに手を伸ばすシルヴィアの姿が何だかおかしくて、ロザリアは思わずクスリと笑ってしまった。

「ふふっ。さて、母はアズグラッドの躾《しつけ》で1時間は帰って来ないでしょうし、その間に猪《いのしし》を調理してしまいますか。たまには親孝行しませんと。調理場が昔のままだと良いのですが」

「ん、楽しみ」

遠くから轟《とどろ》くアズグラッドの声をシャットアウトして、ロザリアは調理場へと向かう。せめて、手料理で母を驚かせる為《ため》に。

◇　◇　◇

――ガウン・虎狼《ころう》流道場

『うむ、うむ……相、承知した。では、屋敷にて』

ケルヴィンからの念話にそう返答したジェラールは、道場の床に胡坐《あぐら》をかいて一息つく。

「いよいよか。こちらもまあ、形にはなってきた。戦力として不足はないじゃろうて」

「ぜぇ、ぜぇ……！　な、何の話ですか、ジェラールさん……」

「気にするな。それよりもお主は体力の回復に努めよ。いつまでそうして寝ているつもりじゃ？」

ジェラールの背後には、汗だく疲労困憊《ひろうこんぱい》息も絶え絶えな刀哉《とうや》が大の字になって倒れている。あれから数日、雅《みやび》と奈々《なな》の2人が魔法の修行に向かってからも、刀哉はジェラールに剣の手解《てほど》きを受け、研鑽《けんさん》を重ね続けていたのだ。刹那《せつな》から受けた影響もあってか、その後の刀哉の成長速度はジェラールから見ても目を見張るものがあり、孫と戯れるのとは違った意味で楽しいひと時となっていた。それは彼の前世にてかつて感じた、後進を育てる喜びだったのかもしれない。

「ふぅむ、リオンやリュカとも異なる感覚じゃな。久方振りに、純粋に人を鍛える喜びを思い出した」

「それって弟子って事ですかね？　はは、俺、４人目の師匠ができちゃいました」

「お主、師が多過ぎではないか？」

クリフ、ケルヴィン、シルヴィア、そしてジェラールと、刀哉の師はバラエティ豊かである。

それから刀哉が何とか起き上がれるようになった頃、道場に向かって爽快で軽快な足音が近づいてきた。もちろん、逸早く反応したのはジェラールだ。

「ただいまー！　竜王さんから承諾もらったよー！」

「うおおお――――！　流石《さすが》はリオンじゃ――――！」

　刀哉の新たな師は帰還したリオンを持ち上げ、いつぞやケルヴィンがそうしたようにメリーゴーランドとなって回り始める。先ほどまでのテンションとは偉い違いだった。

「あ、あの、ジェラールさん……？」

「ちょい待って。今、孫成分を補給しているところじゃから。これないと、ワシ生きていけないから」

「あはは、ジェラじいはしゃぎ過ぎだよ～」

　年齢的には刀哉も孫領域に入る筈《はず》なのだが、ジェラール曰く何か違うらしい。お爺《じい》ちゃまの心情とは、恋する乙女心並みによく分からないものだ。

「……気、済みました？」

「うむ、ワシ満足」

「皆別行動中だったもんね。シュトラちゃんやエフィルねえもいなかったし、仕方ないよ」

「何て言うか、凄《すご》い寛容なんですね」

「うむ、ワシ陥落」

　それはとっくの昔にしている話だ。

「それにしても、リオンちゃんが向かった先って雷竜王のいる天雷峠だったよね？　もう話がついたの？」

「うん！　実力を示す為に戦闘覚悟で行ったんだけど、思いの外直《す》ぐに打ち解けちゃって。実際はその日のうちに、お願いと加護の付与も終わっていたんだ。それから数日はお泊まりして、遊んだりしているうちに――」

「――お泊まり？　待て、リオン。雷竜王とは雄と雌、どっちであったか？」

「え？　女の子だったよ？」

「なら良し！　これからも仲良くしてもらうのじゃ！」

「うん！」

「はは……」

リオンと結婚する人はかなり苦労するだろうなぁ。と、刀哉は苦笑いを浮かべながらそう確信した。しかしながら、一見常識人に見えるリオン自身も恋愛感情における肝心なところがかなりズレている為、その確信が現実になる事はまずなさそうだ。該当する人物は、既にジェラールも認めている。

「あれ、皆集まってる。何かあったの？」

「おっ、刹那」

一度人が集まり出すと、それに応じて他の者達《たち》も集結し始めるものなのだろうか。暫《しばら》く姿を見せていなかった刹那が、虎狼流の道着のままリオン達の前に現れた。そして、この瞬間に刀哉は思い知る。自分が努力して積み上げた以上に、刹那が強くなっている事に。

(顔を合わせただけで分かる、か。随分と離されちゃったな……)

幼少の頃から共にあった刀哉だからこそ、感覚的に分かってしまう。刹那の纏う雰囲気は、以前とはまた別物だ。見る者によっては全く同じに見えるかもしれない。だが、刀哉の目には佇《たたず》まいが洗練され、自信に満ち溢《あふ》れているように映った。何かを成し遂げたんだと、そう確信させるほどに。

「やあやあ、皆大好きおじさんもいるよ。って、雅ちゃんと奈々ちゃんは？　おじさんの目の保養は？」

「ガッハッハ、残念じゃったな！　2人は魔法を鍛えに、神獣の岩窟で武者修行中じゃ」

雅と奈々は相棒のムンを伴わせて、近場にある最も鍛錬になるであろうダンジョンに遠征中だった。

「へえ、ガウンの最高難度のダンジョンかい。おじさんも大昔によく出入りしていたよ、懐かしいなぁ。でも、2人だけってのは些《いささ》か心配だ。ここはおじさんが助太刀しなくては！」

「待て待て。そんな欲塗《まみ》れな助太刀、別にいらんじゃろう。2人は既にトラージの最高峰、竜海食洞穴での戦いを経験しておる。あれから更に力を付けておる事じゃし、保護者を付ける必要はあるまい」

「止めてくれるな、ジェラール殿！　おじさんは、おじさんは純粋に心の底から裏表なく心配なんだ！　アンタなら分かるだろう!?」

「いや、分からんから止めておるのじゃが……」

ガシリとジェラールに道着を掴まれ、それでも懸命に外に走り出そうとするニト。その横から彼の継承者候補の刹那より、非常に冷たい視線を浴びせられている。しかし、そんなものはもう慣れたとばかりに、今のおじさんは自由だった。

「女子高生成分。ふっ、この甘美な言葉、ジェラール殿なら伝わるよね？」

「全く以《もっ》て伝わらんが、やはり止めるべきだとなぜか確信した」

「あ、しまった！　この人はもっと幼い子が好みかっ!?　しかし待ってほしい、冷静に考えればおじさんの方がセーフな香りがしないかとっ！」

「ジェラールさん、ちょっとそのまま押さえていてください。撫《な》で切《ぎ》りにしますから」

「相、分かった」

「……えっと、流石に冗談だよね？　というか、おじさんの今までの発言はおやじギャグくらいのノリで捉えてくれるとあばぁ――――！」

「うわぁ……刹那、性格の方も過激になったなぁ……」

閑話休題。ちなみにおじさんは無事断罪された。

「――全竜王との会談が終わったと、そうケルヴィンさんから連絡があったんですか？」

「うむ。まあ会談なんて大層なものではなかったようじゃな」

「えへへ、僕なんて普通に遊んでいたくらいだったしね。アレックスなんて、遊び疲れて影の中で眠っちゃってるし」

遊び疲れて眠る。言葉通りの意味なら可愛《かわい》らしいが、恐らく言葉通りの意味ではない。少なくとも刀哉基準の視点から見れば、それも立派な鍛錬の一部だ。

「で、じゃ。一度屋敷に集まろうという話になってな。ワシやリオンはガウンを離れる事となる」

「ええっ、そうなんですか⁉」

「そう惜しむでない。剣の指導なら、そこで死んでおるニトも相当なものよ。刹那の師であるし、同時にワシと互角に渡り合える歴戦の猛者じゃ。不足はあるまい」

「となると、5人目の師匠という事に……！」

「刀哉、目をキラキラさせて何言ってるの……まあ、ニト師匠に女子高生だけじゃなくて、男子高校生という言葉を覚えてもらう良い機会かしら？」

「ふ、ふふ……おじさん、それは不思議と心がときめかないなぁ……」

おじさん、復活。

「まあ、そういう事じゃて。リオンよ、帰って来たばかりですまないのじゃが、出発の準備をするぞい」

「え、もう？　ジェラじい、プリティアちゃんに挨拶はしなくていいの？」

「……ゴ、ゴルディアーナ殿はセルジュと共同で修行していてな、とても集中しておる。邪魔をしては悪い。挨拶をして、心を乱しては元も子もないからの」

お爺ちゃま、必死。

「ジェラじい～」

「う、うむ？」

「大人の恋愛だね！」

「う、うむ……」

何やら高度な駆け引きをしていると、リオンに誤解されるジェラール。この場での危機は脱したが、後々に影響が及ぶのではないかと、少しだけ不安になるのであった。

◇　◇　◇

——パーズの街
西大陸から再び橋を渡り、何日か振りにパーズへと帰還。観光名所である時計塔を見るのも、かなり久しぶりに感じられる。こうやってエフィルとアンジェを連れて街を巡ると、出会ったばかりの頃を思い出すな。しかし、今はそれ以上に思うところがある。

「うう、腰が痛い……」

「あはは、ケルヴィン君張り切り過ぎなんだよー」

「ご主人様、屋敷に戻ったらマッサージをしますね」

「ああ、助かるよ」

帰りの十字大橋《クルスブリッジ》を渡る最中、風竜王フロムの加護を使った飛行術の試運転をずっとしていたからな。その反動が今更ながら体中にきているんだ。その中でも特に腰がやばい。慣れない事は徐々に慣らすべきだったと後悔するが、まあエフィルがマッサージしてくれるなら喜んで差し出せる代償だと現状理解。ふふっ、結局はメリットへと反転するのだ。

「それにしても、食べ歩きってなかなか乙なものなんだね。これからパーズでも流行《はや》るんじゃないかな？」

「作法としては、何とも微妙なところですけれどね……」

「と言いながらも、しっかりと食するエフィルちゃんなのである」

「ア、アンジェさん、茶化さないでくださいよ！」

エフィルとアンジェは俺達が留守にしているうちにできたという、新しい店の菓子を片手に談笑している。薄い生地にフルーツを詰めた、見た目クレープに似た食べ物だ。お手軽に食べられる点を売りにしているそうで、ここ最近は屋台の串ものよろしく、これを食べながら街を歩く女性が増えているらしい。

甘いものを食べてか、長旅の疲れを忘れて2人は元気いっぱいだ。今の俺とは真逆の状態だな。甘味は女性を美しくするとか、ムドが迷信めいた事を言っていたが、あながち嘘《うそ》じゃないかもしれない。心なしか、2人の肌ツヤが良くなってる気がするし。

……メルフィーナが戻ったら、これを食べさせてやりたいな。あいつなら、きっと笑顔で食べてくれるだろう。まあ、多少の出費はかさむ事になる——いや、多少じゃ済まないか。すまん、今のなし。

「おう、ケルヴィン達じゃねーか。久しぶりだな！」

「あ、ウルドさんじゃないですか。それに、パーティの皆も」

屋敷への道のりの途中、クレアさんが営む精霊歌亭の前で、ウルドさんのパーティとバッタリ会った。依頼をこなしてきた後なのか、所々に土埃《つちぼこり》や小さな怪我《けが》が見受けられる。ただ、それ以上に相変わらず見事な筋肉が太陽光を浴びて輝いているので、怪我について心配する必要はあまりなさそうだ。

「お久しぶりです、ウルドさん」

「お疲れ様です。A級冒険者への昇格に向けて、頑張ってますか？」

アンジェ、地味に受付嬢モードに戻ってるな、これ。

「お、おお！　エフィルちゃんにアンジェちゃんだ！　今のうちに拝んでおくべきだろうか……!?」

「馬っ鹿野郎！　ファンクラブの一員として当然だろうが！　ありがてぇ！」

「あ、またこいつら！　いい加減、ファンクラブなんてふざけたもんから抜けろって、あれだけ言ったばかりだろうが！」

「唯一妻子持ちのリーダーには、独り身の俺達の気持ちは分からねーよ！」

「そうだそうだ！」

「お前ら、その話を何度持ち上げるつもりなんだ……」

チームいぶし銀は本当に変わらないな……ん？　さっきから剣士と魔法使いの2人が話すばかりで、弓使いの人は全然口を挟まないな。いつもなら一緒になって参加する筈《はず》なのに、どうしたんだ？

「おい、弓の！　お前も何とか言ってやれって！」

「そうだそうだ、言ってやれ！」

「い、いや、俺はまあ、別にいいかなって……っと、そろそろ待ち合わせの時間だ。じゃ、俺は先にギルドに行ってるぜ。アデュー！」

「は？　お前、何を言って――ハッ！」

「まさか、裏切りかっ!?」

「逃げたぞっ！　捕まえて殺せっ！」

……ど、どうやらチームいぶし銀にも変化はあったようだ。3人はそのままギルドの方へと駆けて行ってしまい、後に残るは俺達《たち》とウルドさんだけとなった。

「ったく、あいつらときたら……ん？　ケルヴィン、随分と疲れているようだが、どうしたんだ？」

大きな溜息《ためいき》をつきながらも、ウルドさんは俺の調子を見抜いたようだ。流石《さすが》は気の利く常識人枠を代表し、俺の命をセラから助け出してくれたウルドさんである。しかし、竜王関連の事については複数の国家を通しての極秘事項。ウルドさん達はあくまでB級冒険者でしかなく、正直に話す訳にはいかない。ここは適当に誤魔化しておこう。

「ウルドさんには隠せませんね。実は昨夜、思いっ切り腰をやってしまいまして」

「おいおい、大丈夫かよ？　お前、まだそんな歳《とし》じゃないだろう？」

「はは、面目ない」

「そうだよ～、ケルヴィン君は直《す》ぐ調子に乗って激しく動くんだから」

「ご主人様、あの時は無我夢中でしたからね。一緒にいた私達も途中で止めるべきでした」

「いやー、そんなに言ってくれるなよ。恥ずかしいじゃないか」

まあ、ここはギックリやってしまったって事で。

「ああ、腰をやったってのは、そういう……エフィルちゃんとアンジェが妙にツヤツヤしてると思ったぜ。だけどよケルヴィン、あんまそういう話は言わない方が良いぜ？　あいつらがいたら、また何を言われるか分かったもんじゃねぇ」

「え？」

……え？　ウルドさんが何を言っているのか、珍しくよく分からなかった。うん、俺分からない。

それはさて置き、日頃の感謝を込めて屋敷で昼食を取らないかと誘ってみる。ウルドさんはエフィルの料理が食えると喜び、もちろん行くと即答。パーティの面々もいれば誘えたんだけどな。声を掛ける暇もなかったし、これぱかりは仕方ないか。

「そういや、ケルヴィンの家に行くのは初めてになるな」

「ずっと誘おうとは思っていたんですけどね。依頼やら昇格やら魔王やらで時間がなくって……」

「ははっ、魔王はどうしようもねぇな。S級冒険者ともなれば、そりゃあ四方八方から手を借りたい奴《やつ》も出てくるだろ。それよりも俺は、そんな今でもケルヴィンが慕ってくれる事の方が嬉《うれ》しいぜ」

「ウルドさん……」

まともに対応されて、思わず感動してしまう。ウルドさん、貴方《あなた》はもしや天使だったのでは？

「っと、ここがケルヴィンの家――やっぱでけぇな……」

「いえ、コレットやアズグラッドの家に比べれば、全然小さいもんですよ」

「お前、それは比較対象が城だろうが……」

「ケルヴィン様、オ帰リナサイマセ」

　屋敷の門に近づくと、警護していたワン達が反応する。

「ただいま。先に誰か帰って来てるか？」

「昨日、セラ様トダハク様ガ帰還サレテイマス」

おっと、戻るのに一番時間が掛かると思っていたセラ達が一番乗りだったか。

「あ、ご主人様！」

　門を開いて屋敷前の庭を歩こうとすると、その寸前で屋敷からリュカが飛び出して来た。……2階から。余程俺達が帰って来たのが嬉しかったらしい。アンジェからは見事な着地だったと褒められ、エフィルからは品位に欠けるとして叱られていた。ただ、リュカとしてはそれさえも喜ばしい事だったようで、終始笑顔のままだ。俺とウルドさんも、無意識のうちに笑顔になってしまう。

「リュカ、セラとダハクはどこにいる？　リビングか？」

「うん、セラ様はソファで寛《くつろ》いでいると思うよ。ハクちゃんは裏の農園だったかな？」

「そうか。じゃ、まずはセラに会うとするかな。ウルドさん、先に食堂に案内させますね」

「俺もセラ嬢と久しぶりに会うから、挨拶してもいいか？　邪魔じゃなければだけどよ」

「ははっ、とんでもないですよ。セラも喜ぶと思います」

「ご主人様、私は先に調理場で支度をしていますね」

「ああ、頼むよ」

という事で、俺達はリビングに向かうのである。リビングの扉を開けば、そこには――

「あっ、ケルヴィン！」

「うむ？　愚息ではないか、久しいな」

「お邪魔しているわ。相変わらずしみったれた顔をしているわね」

――思っていたよりも、赤髪が余分にあった。

◇　◇　◇

――ケルヴィン邸・リビングルーム
「ケルヴィーン！」
久しぶりに会ったセラを抱いてキャッチする。これはリオンを真似《まね》したのかな？　おお、
これはボリュームが、むむ……！　と、今はそれどころじゃなかったな。
「と、義父《とう》さん、来ていたんですね……」

リビングにいたのは、セラだけではなかったのだ。義理の父グスタフと、義理の妹であるベルまでもが一緒にだべっていた。想定外の奇襲に、思わずあの祝宴での悪夢を思い起こしてしまう。アルコールの類は……よし、この部屋にはないな。

「父さん？　あのでけぇ人、ケルヴィンの父親なのか？」

俺の後ろにいたウルドさんが、扉の隙間から覗《のぞ》き込むようにしながらそう質問してきた。

ああ、何も知らなければ、そう勘違いしちゃうよね。

「いえ、セラのご両親ですよ。義父さんというのは、まあその――」

「ああ、なるほどな。ケルヴィン、皆まで言わなくてもいいぜ。これでも俺、そろそろ娘の嫁入りを見届ける側の人間だからよ」

「もう、ウルドったら気が早いわよ。わ、私とケルヴィンの結婚の話なんて！」

満更でもないようで何より。

そういえばウルドさんとクレアさんの間には娘さんがいたんだったか。エフィルが初めにクレアさんから貰《もら》ったあのメイド服、娘さんのだって言ってたもんな。あのメイド服はエフィルがメイド道に目覚めた切っ掛けとも呼べる、とても大切なものだ。まだ会った事も挨拶をした事もないが、娘さんには心から感謝している。延《ひ》いては、そんな娘さんを育ててくれたウルドさん達にも感謝している。やはり貴方達が神だったのか。

「娘の嫁入りを見届ける……見届ける……」

ブツブツ言いながら、義父さんが見る見るうちに気落ちしていく。

「お、おい、親父《おやじ》さん、急に元気がなくなったぞ？　さっきまでの威厳ある様子が見る影もないぞ？」

「え、ええっと、義父さんは結構な子煩悩でして……」

「子煩悩なんて可愛《かわい》いもんじゃないわよ。親馬鹿の親馬鹿、キングオブ親馬鹿よ」

こら、ベル！　気落ちした義父さんがそのまま床に倒れちゃったじゃないか！　義父さんにとって娘の言葉が一番の凶器になるんだから、少しは遠慮しなさい！

——なんて、義父を庇《かば》う義兄を演じたところで、義父さんの矛先は俺に向かってくるからな。心の中で注意しておくに止《とど》める。

「その子は？」

「あっちのちっこいのは、セラの妹のベルです」

「ちっこい言うな。というか、その人誰なのよ？」

「冒険者のウルドさんだ。俺の命の恩人でもある」

「ウルド、あの時は申し訳なかったわ！」

「……？　どうして姉様が謝るのよ？」

それはだな、山よりも高く海よりも深い理由があるのだよ。具体的には、君ら一族の酒癖の悪さが影響している。

「ところで今日は2人とも、随分とラフな格好なんだな？」

前にグレルバレルカで会った時は軍服というか、セラの戦闘服に似た衣装を2人は着ていた。今日はその時と打って変わって、俺はたまの休日で過ごすような楽な格好だ。ベルなんてショートパンツで、さっきから一向にソファから起き上がろうとしない。ちなみにであるが、セラは見慣れたチャイナドレスだ。

「パパが用意した旅グッズに、サイズピッタリなのが入ってたのよ。いつもの格好じゃ、何かと目立つからってね。確かに軽くて楽だし」

「セラベルに安寧を提供するのが我の使命だからな。しかし、セラは我が用意した衣服よりも上質なものを既に持っていた……これを作った者は紛れもなく天才よ……！」

「当然ね！　私の私服は全部エフィルのオーダーメイドだもの！　今度、ベルの分も頼んであげるわね！」

「別に私は――」

「頼んであげるわね！」

「……う、うん」

ベルの奴、義父さんには強いがセラの押しには弱いのな。2人が並べば凄《すご》く映えるのもあって、依頼されればエフィルも張り切るだろうなぁ。やり甲斐《がい》があります！　とか言って。

「しかし、姉妹とはいえ本当に似てるな。セラ嬢をそのまま子供にんぐっ！」

「ウルドさん、それは禁句かもです」

ＮＧワードを言い出しそうになったウルドさんの口を、急いで手で塞ぐ。

「ヒソヒソ（な、何が禁句なんだ？）」

「ヒソヒソ（あんなちっこいなりですけど、ベルはセラと双子なんですよ。で、ちょっと容姿について指摘するのはコンプレックス的に危険でして）」

「ヒソヒソ（あー、なるほどなぁ……なあ、やっぱあの子もセラ嬢みたいに強いのか？）」

「ヒソヒソ（ベルだけじゃなくて、ここの家族は全員俺と互角に戦える猛者ですよ。義父さんもあんな子煩悩ですから、娘が傷つくのにとても敏感なんです。逆鱗《げきりん》に触れれば、そりゃもう暴れます）」

「ヒソヒソ（りょ、了解だ。気を付けるよ。ケルヴィン、お前も苦労してんだな……）」

よし、これで最悪の展開を免れる事ができただろう。バアル家が原因でウルドさんに怪《け》我《が》でもさせてしまっては、申し訳なくてもう顔向けできないところだ。

「こそこそと何を話しているのよ？」

「いや、セラベルの可愛さと美しさについて語っていたところだ」

「はあ？」

「おお、良いところに目を付けたではないか、愚息ぅ！　そこのお主も、なかなか話が分かると見える！」

「まあ、セラ嬢はこの街にファンクラブがあるくらいに人気だしな。俺のパーティにも、入ってる奴がいるよ。リーダーの俺としては複雑なんだけどなぁ……」

「ファンクラブだと!? そうか、ファンクラブか……しかし、何か勘違いした輩《やから》が馬鹿をする可能性も無きにしも非《あら》ず。そこまで発展してしまっては一定の危険も――」

何だかよく分からないが、２人は心中複雑そうだ。ま、まあ上手《うま》い具合に収まってくれて良かった良かった。これでひと安心だ。

「よっし！ ケルヴィンの家族なら、俺の家族も同然だ！ 見たところ親父さんは結構いけそうな口みたいだし、昼だが酒盛りと洒落込《しゃれこ》もうや！ 帰ったら飲もうと思っていたとっておきの酒、さっき酒屋で買って来ていたんだ！」

「スタァ――ップ！ ウルドさん、それだけは絶対に駄目だぁ！」

この日俺は、屋敷内でのアルコール全面禁止令を全力で敷いた。

◇　◇　◇

その後、お酒抜きに真っ当な昼食を終えたウルドさんは、クレアさんの待つ精霊歌亭へと無事に帰って行った。ふう、何とかウルドさんを無事に帰したぞ！

で、今は食堂にてまだ食事を終えていないバアル一家と一緒にいるんだが、さっきからベルが不思議なくらいに静かだ。

「……」

「美味《うま》いんだったら、別に涙を流しても良いんだぞ？」

「べ、別にそういうのじゃないし」

「ふふっ、おかわりもありますよ？」

「……頂くわ」

「ベル、これも美味《おい》しいわよ！」

何という事はない。エフィルの料理を食べて、感動するのを我慢しているだけだった。デザートの寒天黒蜜をひと噛《か》みひと噛みしっかりと味わい、襲い掛かる感涙の嵐に耐えながら少しずつ口に運んでいる。いつもながら、エフィルはナイスな仕事振りだ。

「それで、一体今日はどうしたんです？　セラと一緒に義父さん達《たち》まで来るなんて、グレルバレルカの方は大丈夫なんですか？　王族が全員留守にするというのは――」

「――全く、愚息までビクトールと同じような事を言うのだな。安心せよ、全てビクトールに投げて来た！」

義父さんが決め顔でそう言った。おい、安心できねぇよ。ビクトールをもうちょっと労《いたわ》ってやれよ。あいつ、見た目はちょっと怖いけど良い奴《やつ》なんだよ。

「ケルヴィン、顔に心の声が滲《にじ》み出てるわよ？　でも安心なさい。私がビクトールに回る仕事の大部分をセバスデルに、残りの少しもラインハルトとベガルゼルドに押し付けて来たから」

「ああ、それなら安心だな」

セバスデルの負担が半端ない気がするけど、たぶん気のせいだろう。

「で、だ。先ほどの質問に答えよう。我らはセラの嫁ぎ先を値踏みしに来た」

……お、おう。

「半分冗談だ、そう畏《かしこ》まるな」

「そうでしたか。半分冗談……半分？」

「本題ではないが、どうせなら見たいという気持ちもあるからな」

「で、では、その本題の方は？」

「セラから話は聞いている。あの方舟《はこぶね》に喧嘩《けんか》を売るのだろう？　その喧嘩、我達にも参加させよ」

第二章 ▼それぞれの願い

――戦艦エルピス

天空を突き進む白の巨大戦艦。今となってはその神々しいフォルムとは裏腹に、目にする者達に天使の巣、竜の変異体などと呼ばれ、天使を模した強力なモンスター達を降下させる災厄の象徴となっている。通常、雲よりも高くに飛行するこの船であるが、天使を投下する際にのみ地上の生物達の眼下へと現れるのだ。

船全体の規模は途方もなく大きく、大国の首都が丸々そこに組み込めるほどのもの。見る者をただただ啞然《あぜん》とさせる巨大戦艦は、それが空を飛ぶだけで圧巻の一言に尽きる。こんな巨大なものを一体どうやって浮かせ、あろう事か飛行させているのか？　試算して導き出されるのは、想像もできぬ莫大《ばくだい》なエネルギー。こんなもの、我々が何百年の歳月を掛けたところで、実現できるものなのか？　世界中の研究者や魔導士は、所属する国との純粋な技術力の差に舌を巻き、絶望するのみだ。

「流石《さすが》はジルドラさんですねぇ！　これだけの設備、英知の結晶！　このような頂きに登り詰めるまで、一体どれだけの犠牲を払ってきた事か！　凡才なる私程度では全く想像できませんよ、ええ！」

男の声が鳴り響くのは、本来であれば今は亡きジルドラの為《ため》に用意された研究施設だった。この世界の文明レベルではある筈《はず》のない灰色の近代的な設備群が並び、巨大な筒状のガラスの中が濁った液体で満たされ、そこに奇怪な生物が眠っているものまである。

この空間にて感動に酔いしれるこの男は、使徒第10柱『統率者』のトリスタン・ファーゼであった。この施設の何に対して心を打たれているのかは定かではないが、普段演技がかった立ち振る舞いをするトリスタンが、この時ばかりは心の底から昂《たかぶ》っていた。その光景は傍《はた》から見れば非常に奇異で、声に導かれてこの場にやって来た来訪者たる彼も、思わず頭を悩ませている。

「やれやれ、騒がしいと思って来てみれば、やはり君か」

「おっと、これはこれは……第5柱の解析者ではありませんか！　私よりも遥《はる》かに高位に属する貴方《あなた》を心配させてしまうとは、痛恨の極みでしたなぁ」

ジルドラの研究施設へと新たに足を踏み込んだのは、先日ケルヴィンと会ったばかりのリオルドだ。リオルドは呆《あき》れた様子でモノクルを掛け直し、分かりやすく溜息《ためいき》をつく。

「使徒の序列なんて、最早《もはや》何の意味も成していないだろう。それは君も十分に理解している筈だ」

「確かに、今や我々使徒は3人のみとなってしまいました。暗殺者は早々に寝返り、反魂者は生き様を変え、断罪者は古巣へと帰った。他の高潔なる方々も実に惜しい。代行者は我らが主《しゅ》の礎となり、守護者はそんな彼女の残滓《ざんし》に縋《すが》りつく。何よりも、私と最も関わりのあった創造者、ジルドラさんは人類の宝とも呼べる存在でしたのに……！」

「……生還者の名がないようだが？」

「む、そういえばそんな方もいましたなぁ。一時的といえど、こんな私の世話をしてくれた良き先輩でした。ええ、忘れてなんておりませんとも」

トリスタンの立ち振る舞いが、すっかりいつもの様子に戻っている。あからさまに嘘《うそ》であると言っているようなものだが、トリスタン自身隠す気がないのだろう。リオルドもそれ以上は指摘しない事にした。

「それで、解析者はどうしてここに？　わざわざ私とお話をしに来てくれたのですか？」

「それも一興ではあるが、１つ報告をしにね。先日、私と選定者とでケルヴィン君に会って来た」

「何ですとっ!?」

ケルヴィンという人名に余程興味を引かれたのか、トリスタンは前のめりに反応を示す。

「な、なぜ私も誘って頂けなかったのですか……！」

「おや？　君がそこまでケルヴィン君に執着していたとは初耳だね」

「私とて、彼とは浅くない因縁を持っていますからな。何よりも、我らが主が長い永い歳月を掛けて想《おも》い続ける、運命の想い人でもあります。しかし、今となっては直接会話するのも難しい状況……どういった口実を使ったのかは存じませんが、羨ましい限りです！」

「ふふっ、そうかい。それは悪い事をしたねぇ」

狸《たぬき》と狐《きつね》は浅く笑い合い、何とも胡散臭《うさんくさ》い雰囲気を醸し出していた。

「済んだ事をこれ以上言っても、仕方ありませんね。次の機会に期待すると致しましょう。それで、用件とは？」

「ああ、そうだった。近々、そのケルヴィン君達が来ると思うよ。この船を打開する策を携え、我々を打倒し、クロメルとの約束を果たしに、ね」

「……ほう、それは朗報だ。しかし、そうなればかなりの頭数を揃《そろ》えて攻め入るのではありませんか？　今や我々は、全世界の敵のようなものです。先に言った通り、使徒の大部分は戦線を離れ……いえ、場合によっては向こうの戦力として加わる者もいるでしょう。寧《むし》ろ、そういった者達の方が多い」

「一方で我々の戦力は私と君、後は選定者とクロメルだけだね。確かに頭数だけでは負けている。だが、我々にはこの戦艦エルピスに、それもあるだろう？」

そう言ってリオルドが指差すのは、研究所の最奥。その箇所は明かりが消されており、うっすらと影の形が見える程度なのだが、『神眼』を持つ彼には鮮明に見えていた。トリスタンは嬉《うれ》しそうに顔を緩ませ、生物のような、はたまた機械のようなそれを見つけてくれた事に感謝しているようだった。

「流石は解析者、本当にお目が高い！」

「私を褒めたところで何も出ないよ。それで、あれは創造者が残した最後の遺産なのかい？」

「ふふっ、この戦艦エルピスも大変素晴らしいものですが、私はあれこそがジルドラさんが残した最高の作品だと確信しています。状況次第であれば、あれは主《しゅ》に献上する為のものだったのです。この世界に降り立つ為の、神の体として」

「計画に支障が生じた際の保険か……だが、クロメルは計画通り神の義体を手に入れ、代行者の力を吸収した。もうお役御免ではないのかい？」

「何と恐れ多い事を仰《おつしや》いますか！　これだって立派な戦力なのです。活用しない手はありませんよ。……それが私の願いにも繋《つな》がるのです」

「願い？」

唐突にトリスタンの声のトーンが変わった。リオルドは彼を見ている。

「解析者、貴方は主に何を願いましたか？　使徒になったからには、対価となる何かを願っている筈です」

「私の願いなど、君からすれば何の面白みもない、些細《ささい》で詰まらないものだよ。逆に問うが、君は何を願ったんだい？」

「私ですか？　私だって実に些細な願いです。この世界を混沌《こんとん》へと誘《いざな》い、その終わりを見届けたい！　誰だって一度は夢見る、本当に在り来たりな願いでしょう？」

両腕を天に捧《ささ》げるトリスタン。声は歓喜の色に満ちているが、心の嘘偽りを読み解く事ができるリオルドからすれば、その仕草は見え透いた芝居に過ぎない。

「ああ、そうだね。だけど、途中で心変わりしたのかな？」

ピクリと、トリスタンが反応した。

「……ええ、そうです。よくよく考えてみれば、私如《ごと》きがそんな事を願わなくとも、我らが主《しゅ》は世界をそのように変えてくれる。ならば、私の心残りを解消した方が有意義ではないか？　そう思うようになったのです」

「ほう、その心残りとは？」

「決まっています！　ジルドラさんをみすみす死なせてしまった事ですよ！　至高にして究極であるあの方は、生きたまま有効活用すべきだったのにっ！　ああ、何という惨事でしょうか！」

「ほう……」

モノクル越しに、リオルドが興奮気味なトリスタンを注視する。この瞬間、リオルドは魔眼の種類を切り替えた。

（ふうむ。他人の生き死になど歯牙にもかけない彼が、随分と変な様子だとは思っていた

が……何か呪いのようなものに縛られているな。しかし、これはこれで面白くなりそうか）

確認を終えたリオルドは、そのまま静かに片方の瞳を閉じた。

「ええ、だから願いは変えさせて頂きました。私は仲間を死なせるような、薄情な人間ではありませんので！　私の願いは――」

◇　◇　◇

「――私の願いは、ジルドラさんを蘇《よみがえ》らせる事ですっ！　彼にはそれだけの価値があります！」

高らかに腕を振り上げたトリスタンが、リオルドに向かってそう宣言する。死者の復活、通常であれば絶対に不可能とされる奇跡も、転生術の力を持ったクロメルならば確かに可能である。仲間は生きたまま有効活用する。そうトリスタンに呪縛を与えた当人であるシュトラも、流石にこうなる事は予想していなかっただろう。

「創造者の復活か。反魂者がいなくなってしまった今となっては、それはかなり大それた事になりそうだね。それで、クロメルには何と願ったんだい？　以前の彼は若い男の姿だったが、その時の姿で復活させるのかい？」

「いいえ、そのような勿体《もったい》ない事は致しません。私が欲しいのは生きたジルドラさんであって、勝手に行動するような方では困るのです。あくまで私の支配下にいてくれないと」

「……ふむ。つまり？」

「解析者なら、もう私の心内なんて読み切っているでしょうに。わざわざ私の口から聞き出したいのですか？　だとすれば、ふふっ。実に喜ばしい事ですねぇ」

「そういう事だと理解してくれて構わないよ。それで、教えてくれるのかい？」

リオルドはトリスタンという狂人を正しく理解している。あの芝居がかった立ち振舞いは、何も悪ふざけで行っているのではない。彼はそうでもしないと、人間らしく振舞う事ができないのだ。歪《ゆが》んだ思想、人を人と思わない極端な価値観、生まれながらに持ったそれらの異常性を可能な限り排除する為、人であろうと演技するようになったのが、彼のそもそもの始まりだった。せめて、演じていられるその時だけは人間らしく。しかしどの段階で道を誤ったのか、トリスタンが演じている人物自体が既に狂人のそれであり、とても一般的な思考を持っているとは思えないものと化していた。

（ああ、彼の弟には勘当された殺人鬼がいたんだったか。名は確か……そう、カシェル君だ。彼は私の目論見《もくろみ》通り、犬死寸前だった黒風の残党、ゴルディアの修行から逃げ出した負け犬を引き連れて、ケルヴィン君の良い噛《か》ませ犬になってくれたっけ。今となっては懐かしい思い出だね。しかし兄弟揃って狂っているとは、ファーゼ家は呪いにでも掛けられているのかな？）

リオルドは全てを知っていた。全てを知っていながら、それさえも利用し仕組んでいた。なぜならば、その行為こそが彼に課せられた使命であり、彼の願いにも繋がるものだったから。クロメルからの命令は、普通では生き残れないであろう試練をケルヴィンに与え続ける事。もうその立場に復帰できなくはあるが、リオルドはこの結果に大よそ満足しているようだった。

「承知致しました。では、僭越《せんえつ》ながら私がお教え致しましょう。何を隠そう、ジルドラさんはもう復活されているのです！　それも、この研究所内にいます！」

両腕を広げるトリスタン。しかし、その声に反応する者がいる訳でもなく、周辺機器から放たれる電子音が静寂の中に響くだけだった。

「……ほう、やはり一大事だったね」

自分の反応を待っている事に気付き、気を遣ってリオルドがそう返答する。

「些《いささ》かリアクションに不満が残りますが、まあ良いでしょう。ジルドラさんが蘇った先の体は、戦死される以前に用意されていた人造の人体……ジルドラさんのオリジナル、元々の体をベースにして作られたものです。何の為に用意されていたのかは推測の域を出ませんが、まあ大よそは私の考えている通りでしょう」

「もう復活しているのなら、本人に確認すれば良いのではないかね？」

「ふふっ、解析者はなかなか意地悪ですね。それができないと、分からない貴方《あなた》ではないでしょうに」

トリスタンが研究所の奥の方へと向き直る。

「これは昔、ジルドラさんから直接聞いた話なのですが……ジルドラさんの願いはこの世の何者にも敗北する事のない、究極の生命を創造する事だったそうです。ルーツを辿《たど》れば彼は研究者でも科学者でもなく、純粋に強さを求める探求者。その根っ子にある部分が、ジルドラさんを動かしていたんだと思います」

「君は使徒となる以前から、創造者と親交があったんだったね。彼がそこまで心を許すなんて、とても珍しい事だ」

「心を許すなんて、そのような事は決してありませんよ。私もジルドラさんも、己《おの》が為《ため》に利用し合っていただけですから……尤《もっと》も、今は私の支配下にありますが」

研究所の奥、闇の中に2つの鋭い眼光に光が灯《とも》された。

「……君が起こしたのかい？」

「ええ、どうやら実験は成功のようです。ジルドラさんの体はコアとして、上手《うま》い具合に同調しました。これで彼の意思とは関係なく、これまで積み上げてきた知識を、野望の為に準備してきた全てを、私が思うがままに扱う事ができます。ああ、やはり仲間は生きたまま役立たせるのが最上だ。かけがえのない、貴重な資源ですからね！」

「ふぅむ……これ、間接的に創造者の願いも叶《かな》えているのかな？　神となるクロメルは抜きにしても、地上においてこれ以上の生命は存在しないんじゃないかい？」

「解析者にそう言って頂けると心強いですが、どうでしょうなぁ。地上には最強と謳《うた》われるゴルディアーナが、使徒中最高の戦闘力を持った守護者がいますから。何よりも、彼らの底力は侮れない。侮ってはならない。転生する為の手段だったとはいえ、一度殺されていますからね、私」

自嘲的な笑いなのに、トリスタンの声色は随分と明るい。新しい玩具《おもちゃ》を手に入れて喜ぶ子供のように、その目は酷《ひど》く無垢《むく》だった。

◇　◇　◇

――ガウン・とある僻地《へきち》

「――んっ？」

同時に何かを感知したような声を上げたのは、人気《ひとけ》のないガウンの僻地にて壮絶な激戦を演じていた『桃鬼《とうき》』ゴルディアーナ、『守護者』セルジュの2人だった。

広く生い茂った森の中心にぽっかりと空いた、見通しの良いこの空間。ここはかつて、突如として現れた巨人によって荒らされた経緯があり、押し倒された木々達《たち》の墓場と呼ばれている。人里から離れており、凶悪な巨人が出現した忌み嫌われる場所とされている為、獣人達は決して近づこうとしない訳ありの場所だ。しかし、2人にとっては好都合な場所でもあった。ガウン領内において、これほど人目に触れないであろう場所はそうないからだ。

最強と最強、人々からそう呼ばれる2人が顔を合わせて、何も起こらない筈《はず》がない。彼女らは直感的に互いの強さを読み取り、自らの鍛錬に最も適した人物であると答えを出した。それ以上の言葉はいらず、それからは手合わせの日々を送っていたのだ。ちなみに一緒にいたシスター・エレンは、少し離れた場所で昼食の支度中である。

「今、どこかで噂《うわさ》された気がしなかった？」

「したしたぁ、すっごくされた気がしたわん！　有名税って奴《やつ》なのかしらねぇ。美し過ぎるが故にぃ、可憐《かれん》な乙女は常に噂の的になってしまうものだからん」

そして、2人は結構気が合っていた。性別の趣味嗜好《しこう》があべこべな彼女らだからこそ、分かり合える部分があるのかもしれない。

「私としては、見た目よりもプリティアちゃんの強さの方にビックリしたんだけどなー。何で私と互角に戦えちゃってるの？　本当に人間？」

「あらあらぁ、只《ただ》の超人よぉ。でもん、容姿よりも中身を先に見てくれるなんて嬉しいわん。皆、最初はどうしてもこの美にぃ！　釘付《くぎづ》けになっちゃうものだからねん。それにぃ、私の方こそ驚きの連続よぉ！　慈愛溢れる天の雌牛《ローズイシュタル》・最終形態《ファイナルエディション》を以《もっ》てしても互角なんてぇ」

「あー、あれ凄《すご》かったよー！　何かもう……凄かったよー！」

「うふっ、シンプルに褒められるのも嫌いではないわぁ。フーちゃんだって、あらゆる武具を自由自在に扱っていたじゃなーい。私、あんなに苦戦したのはセラちゃん以来の事だったわん」

「2人とも～！　そろそろお昼の時間ですよ～！」

木々の間からシスター・エレンがひょっこりと顔を出して、2人に食事の時間を告げる。するとと、2人は意気揚々と同時に振り返った。

「あ、はーい！」

「うふん、今行くわよぉ～」

ホップステップと乙女走り、だというのに信じられない速度で、2人は昼食場所へとルンルン気分で向かうのであった。

◇　◇　◇

シスター・エレンの用意した料理を綺麗《きれい》に平らげたゴルディアーナは、ささやかなお礼にと食後の紅茶を皆に振舞う。ちょっとしたお茶会気分で、世界で最も強い女子達（一部例外あり）は和むのであった。

「それにしてもぉ、フーちゃんの強さは出鱈目《でたらめ》よねぇ。一体どうしたらぁ、そんな凄い力が手に入るのかしらん？」

「そんな事はあるよ～、あるある～。でもさ、そんな最強な私と互角に戦えるプリティアちゃんの存在こそ、私にとっては不思議生物なんだよ？　肉弾戦とか特に鬼だよね、桃鬼《とうき》だけに！」

「うふふ、伝説の勇者様に褒められちゃったわん。私がここまでの美を追求できたのはぁ、愛の力があってこそなのぉ。キャッ、言っちゃった！」

「愛？　愛の力なら私だって負けないぜ！　ね、エレン！」

「ゴルディアーナさんが言っている愛とセルジュの愛とでは、かなり意味合いが違うと思いますけどね」

「ええっ!?　そんな事ないよ～。めっちゃめちゃ愛を振り撒《ま》いてるよ、私？」

「セルジュは無秩序に振り撒き過ぎなんですよ。主に、自分の欲望を満たす為だけのものですし。ゴルディアーナさんの愛は、献身的に愛する方にだけ贈られる真の愛なのです。自らを犠牲にする事も厭《いと》わないという、確固たる信念の下に育まれた慈愛……ええ、美しい愛だと私も思います。見掛けは兎《と》も角《かく》、貴方は美しいですよ、ゴルディアーナさん」

「もん、２人してそんなに煽《おだ》てないでよぉ～。顔から業火が出ちゃう！」

「あはは、エレンって時々毒舌だよね～、ってホントに燃えてる！　燃えてるよっ⁉」

ゴルディアーナは顔から出る炎を紅茶で消火させ、何とかその場を切り抜けるのであった。

「あちちち、ビックリしちゃったわん……」

「あはははっ！　私の方が驚いたよ～。私を日に２度も驚かすって大したものだよ、プリティアちゃん！」

「顔の脂に引火したんでしょうか？　今日は陽射《ひざ》しが強いですからね。そういう事もあるでしょう」

そういう問題ではないのだが、残念ながらこの場には、的確なツッコミができる者がいなかった。

「でも、真の愛か～。私もそれを見つけられたら、もっと強くなれるのかな？　目ぼしい戦闘系スキルとか、もう粗方取り終えてるし」

「逆にそれにしか費やしていませんからね、セルジュは」

「あら、そうなのん？　駄目よ、女の子ならお料理の１つも覚えないとぉ」

「私は癒されたい側の人間なんだも～ん。自分で料理するのは、何か違うっていうか」

「ふう……どうやらセルジュが真の愛に目覚めるのは、暫《しばら》く先の話になりそうですね」

「む、私だってこれだぁ！って子がいれば、考え方も大人になるよ！　たぶん！」

「ちなみに、どんな子が好みなのん？」

「好み？　好み、そうだなぁ……」

セルジュはうーんうーんと何度か悩む声を上げ、その度に頭を右往左往。それから何かを閃《ひらめ》いたのか、ポンと手を叩《たた》いた。

「まず、日本出身な私としては黒髪は欠かせないかな。金髪も捨てがたいけど、やっぱりマイベストは純な黒だね。染めるなんて以《もっ》ての外《ほか》！」

「あらん、除外されちゃったわん」

「私もです」

金のツインドリルと、銀のロングが候補から外される。2人は別に選ばれたかった訳ではないが、女として少し悔しそうだ。

「性格は駄目男を放っておけない献身的な感じで、だけれどもちょっとツリ目で、厳しく想《おも》ってくれるところもあって～」

「あの、セルジュ？」

「そう、幼馴染《おさななじみ》的な立ち位置が好ましい！　毎朝虚《うつ》ろな状態な私を起こしてくれるのっ！　そんな頑張り屋さんなんだけど、運にはあまり恵まれてなくって、支えられつつ私も支えてあげたいと思うような！」

「フーちゃーん？　聞こえてるぅ？」

「更にはある程度の実力もなくっちゃ、私と共闘はできないね。リオンちゃんはちょっと幼過ぎるかな？　でも、強さとしてはその辺りがボーダーライン。それくらいは欲しいよね。それでそれで、夜な夜な色々と教えてあげるんだ〜。ふふふ……！」

不敵な笑いを浮かべ、次々と理想像に注文をつけるセルジュ。理解者であるエレンとゴルディアーナも、これにはやれやれと首を振った。

「ちょ〜っと、注文が多いかしらねぇ〜」

「可愛《かわい》い子は全員に興味がある癖に、いざ理想を語ると昔から止まりませんからね」

「今まで、理想の子はいなかったの？」

「その時々の気分で、注文の多い理想も変幻自在に変化していきますので。セルジュが本気で惚《ほ》れるとすれば、今この瞬間の理想に合致する人物と、たまたま出会うくらいの奇跡でも起きませんと」

「難儀なものねぇ」

「同性好きというのも、その難儀さに拍車をかけています。あんな無理難題を並べて、条件に当て嵌《は》まる女性と出会うなんてあり得ま、せ……」

「エレンちゃん？」

シスター・エレンが途中で言葉を止め、目を見開きながら固まった。向かいのゴルディアーナがこれを不審に思い、後ろを振り返る。エレンの視線はゴルディアーナに向けられているのだが、その視線は、明らかにその奥へと向けられていたからだ。

「お疲れ様です！　志賀刹那《しがせつな》ですけど、ケルヴィンさんからの連絡を届けに来ました！」

森の木々の間より、凜《りん》とした少女の声が聞こえてきた。ガウンの虎狼《ころう》流道場にて、ニトと修行をしていた刹那である。彼女を目にしたゴルディアーナもまた、エレン同様目を丸くする。

濡《ぬ》れ羽色《ばいろ》の髪、献身的な性格、皆を導こうとする生徒会長、ほど良いツリ目、幼馴染属性、超人となった確かな実力等々――そこまで細かな点は知らない２人も、刹那が先にセルジュが言った条件に当て嵌まっている事に気が付いたのだ。固まるのも、仕方のない事だった。

「……条件を満たす子、いましたね」

「いたわねぇ」

「はい？」

そして、当然セルジュも刹那を見ている訳で。こちらに向かっている刹那に向かって、セルジュは目にも留まらぬ速さで接近し、無言のまま彼女の両手を握る。にぎにぎと握る。

「うわっ!?……あ、あの？」

「……」

にぎにぎ、にぎにぎ——暫くそんな動作を無言のまま繰り返したセルジュは、次に刹那を見詰めながら、意を決した様子で口を開き出した。

「……好き。私、恋をしましたっ！　刹那、私と結婚を前提としたお付き合いをしよう！　うん、そうしよう！」

「……ふぁっ？」

セルジュ、一世一代のプロポーズである。瞳の奥にハートマークが見えてる辺り、刹那にとっては困惑を通り越して恐怖体験だった。蠟《ろう》人形の如《ごと》く固まってしまった刹那に代わって、この告白に逸早《いちはや》く反応したもの。それは彼女が腰に差していた、1本の刀だった。

「待て待て待てぇい！　刹那ちゃんは、おじさんが先に唾を付けておいたんだ！　守護者といえども、こればっかりは譲れないな！」

「なっ、なにぃ!?」

「ニト師匠、誤解を招く言い方をしないでくださいっ！」

その正体はニトの本体である刀、おじさんは刹那と共にここに来ていたのだ。

「なーんだ、誰かと思えば生還者じゃん。駄目だよ、年頃の少女にセクハラなんてしちゃ。お巡りさん、この人ですっ！」

「何もしてないからねぇ!?　おじさん、流石《さすが》に無実を主張するよ！　ほら、刹那ちゃんも反論して！」

「でも、さっきの台詞《せりふ》はセクハラな感じも……」

「撤回！　おじさん、発言を撤回するからっ！」

「ねえねえ、刹那ぁ。そんな中年なんて放っておいて、私と一緒に修行しようよ？　私最強だから、そんなセクハラ親父《おやじ》よりも役に立つよ？　同じ女同士、何の遠慮もいらないからね。ね、ね、ねっ！」

「気を付けるんだ、刹那ちゃん！　守護者は一見凄く可愛い女の子だけど、中身の趣味嗜《し》好《こう》はおっさんとそう変わりないよ！　おっさんなおじさんが言うんだから、間違いない！」

「……」

元使徒達《たち》の言い争いは苛烈さを増していく。……刹那を板挟みにしながら。

「なるほど、幸も薄そうですね」

「支えたくなっちゃうわねぇ」

その後、状況を見かねたゴルディアーナとエレンが間に入り、刹那は無事に救出された。

◇　◇　◇

――ケルヴィン邸・庭園

屋敷に帰り、１週間の時が過ぎた。この間、ベルは兎も角として義父《とう》さんまでもが泊まりっぱなしだ。国の仕事は大丈夫なのかと、３日を過ぎた辺りでマジで心配になる俺がいた。それ以上に困ってしまうのは、セラと会話するにしても常時監視されている事だ。流石に寝室まで監視の目は届かないが、バアル一族特有の勘の良さで、何かと妨害を受けている。ベルはその一連の流れを楽しそうに見ているし、この親子には振り回されてばかり。

何か反撃の手段を考えねば――

「兄貴ー、何黄昏《たそがれ》てんスか？」

「うーん？　世の中、上手《うま》くいかんものだと思ってさー」

「ハハッ、面白い冗談ッスね。ケルヴィンの兄貴ほどすげぇ人生歩んで成功してる奴《やつ》なんて、それこそプリティアちゃんくらいしかいないッスよ！」

ちょっとした休憩がてら何気なく農園を眺めていたら、ザックザックと畑を耕していた、作業着姿のダハクに笑われた。プリティアと同列にされるのも、何か微妙な心境なんだが……いや、それよりもお前、プリティアがどんな人生歩んで来たのか知ってんの？　うむ、知りたいような、知りたくないような。これが怖いもの見たさって奴か。

しかし、ダハク農園も種類豊か、そして以前よりも広大になったものだな。エフィルに聞いた話じゃ、ダハクが来る前に世話になっていた八百屋に、今は逆にダハクの野菜や果物を卸してるらしい。趣味で作ってるものだから金は要らないって言ってるのに、品質の高さが驚かれ、無理矢理お代を持たされてしまうと困惑していたっけ。お裾分けのつもりが、とんだ販売ルートの開拓になってしまった。

ダハク農園がここまでの規模になったのには理由がある。1つが、ダハクが土竜王となって単純に能力が強化された事。これにより、うちの裏庭には不可思議な植物が栽培される事となった。何だろうな、あれ。食虫植物、否、食人植物どころかモンスターも食いそうな規模だったけど……またどこかから拾ってきたんだろうな。うん、関係者以外立ち入り禁止にして、これについては見なかった事にする。

そして2つ目が、ダハク農園の従業員が増えた事だ。ダハク不在の際、これまでは屋敷に在中するゴーレム達や、メイドのリュカやエリィが当番制で世話をしていた。しかし、彼女らは専属という訳ではない。ダハクがマメに用意したマニュアルに沿っていただけだ。そこでダハクを中心にして新たに結成されたのが、あれである。

「ダハグ、言われでだ肥料、巻き終わったど」

「ああ、サンキューな。だけどよ、俺の名前はダハクだぞ」

「ダ、ダハ……ッグ！」

「……竜の時は普通に喋《しゃべ》れんだけどなぁ。ま、徐々に慣らしてくれよ」

「ダバグ、こっちの土に元気がない。何とかして」

「てめぇは普通に発音できる筈《はず》だろうが、ムド！　何気に濁点箇所多くなってるし、やっ土竜王ダハク、火竜王ボガ、光竜王ムドファラク、彼ら3体の竜王によって構成される漫才トリオ、もとい百姓トリオである。各地から帰還し、竜王としての実力に磨きをかけてきたと思ったんだが、精神面はどうもそのままのようだ。

「ところでさ、ダハクは兎《と》も角《かく》として、何でムドとボガまでそこで働いているんだ？」

「愚問。私は常に高みを目指している」

大きめの麦わら帽子を被《かぶ》った赤ムドが、得意気にそう言った。

「キメ顔で説明しているところ悪いんだけどさ、それじゃ全く分からないって」

「主、察しが悪過ぎる……」

「い、今のじゃ、おでにも分からない、だな」

「しゃーねー。兄貴にいっちょアレを見せてやるか！」

「アレ？」

ダハクは担いでいたクワを地面に置き、ムドとボガもその左右へと並び出す。何だ何だと俺が疑問符を浮かべていると、ダハクがカッと目を見開いた。

「ダハク農園、野菜担当！『蔬菜帝《そさいてい》』のダハク！」

ビシッ！

「ダハク農園、フルーツ担当。『狙撃姫』のムドファラク」

スッ。

「ダ、ダハク農園、稲作担当。『翔山嶽《しょうさんがく》』のボガ……！」

グッ！

からの、謎のポージング。分かった、それはリオンが考えた決めポーズなんだな？　それだけは兄として理解したよ。で、それから？　背後で特撮の如く爆発が起こるのかな？

「……」

「――っつう訳なんスよ」

「いや、どういう訳？」

ダハク達は一仕事をした後のように、満足そうな表情を浮かべている。ムドまでノリノリだったのは意外だった。

「帰ってくるなり、こいつらが畑を手伝いたいって言ってきたんスよ。俺としちゃあ、竜手が増えるのは歓迎だったんで。こうしてリオン嬢に専用ポーズを決めてもらった事だし、決戦の備えは万全ッスね！」

決戦の準備、万全なのか……!?　なぜにそうしたのか、まずはムドに聞いてみる。

「デラミスで学んだ事は多い。けど、その中でも特に重要だったのが、質の低い甘味を食べていては、私の力が十全に出せないという事。そこで私は答えを得た。エフィル姐《ねえ》さんが手掛けるデザートを、最高品質の果物を材料として作れば、正に無敵であると……！

だから、私自ら最高の果物を作る事にした」

「兄貴、こいつの情熱は本物ッスよ！」

え、あ、うん……ボ、ボガはっ!?

「おでは岩でも土でも、何でも美味《おい》しく食べられるけども……赤毛との修行してん中で、トラージで本場の米の美味《うま》さを学んだだ。米は、未来のちび共に伝えなきゃ、と思う」

「それで稲作、なのか？」

「そうなん、だな」

「兄貴、こいつの情熱は本物ッスよ！」

うん、分かった分かった。君らの情熱は十分に分かった。でもさ、それ今必要？

「赤毛も、こ、米だけは炊けるようになっただ！」

あのダークマター第一人者の一角が、米を炊くなんて高度な技術を身に付けたのかっ!?

「赤毛……え、赤毛ってエマの事か！　本当にっ!?」

すげぇな！

――ガタッ！

俺の背後で物音がした。振り返ると、そこにはエフィルが――どういう訳か、腰を抜かしていた。急いでエフィルに駆け寄る。

「エフィル、大丈夫か？」

「も、申し訳ありません。とんだ醜態を……」

腕を差し出し、エフィルを起き上がらせる。しかしエフィルが尻餅をつくとは、珍しい事もあるもんだ。

「ありがとうございます、ご主人様。あの、それで先ほどのお話は本当なのですか？」

「さっきの話って？」

「その、エマ様がお米を炊けるようになった、と……」

「ああ、その事か。俺もかなり驚いたけど、ボガ、本当なのか？」

「う、うん。自分で米を研いで、自分の魔法？　で、火に掛けてた、よ」

マジで？　と、その事実を耳にして改めて驚いている俺がいる。何ていったって、パーフェクトメイドのエフィルが指導しても、出来上がったものがダークマターだったエマだし。それが今では、立派に米が炊けるようになっただなんて、正直信じられない。

「……」

エフィルが口元を覆い隠し、顔を伏せた。

「エフィル、どうした？　体調でも悪いのか？」

「う、ううっ……」

「!?」

え、ええっ!?　エフィル、泣いてるのか!?　ちょ、えっ、ど、どうすれば良いのっ!?

というか、何で泣いてるのっ!?

「ボガ！　エフィル姐さんを泣かす事は許されない！　謝って、早く謝って！」

「お、おでっ？　おで、何か言った？」

ムドとボガもあたふたし始めている。俺は俺でエフィルの涙を見るのが久しぶり過ぎて、軽く混乱状態に陥ってしまった。あの時、俺はどうしたんだったか。抱き寄せて、優しく撫《な》でて――

「良かった、本当に良かったです……エマ様だけでも、ちゃんと自炊できるようになって……！」

「……！　そ、そうだな、これでエフィルの努力も報われた。次は味噌汁《みそしる》だな！」

果たして自炊できるようになったと言って良いのかどうかは別として、挫折したかつての懸念がなくなり、エフィルが救われたのは確かだった。

◇　◇　◇

――ケルヴィン邸・地下修練場

午後になって、ベルを相手取り模擬戦を行う事となった。今の彼女はすっかり回復したようで、自ら模擬戦の相手をやりたいと手を挙げるほどだ。ベル自身にその意思があっただけに、義父さんからも即座にゴーサインが出された。娘に対しての甘さにかけては、本当にうちのジェラールにも引けを取らないよ。

「ふっ！」

「ほっ！」

しっかし、直接相手にして初めて分かったんだが、彼女の足技は鋭いなんてもんじゃない。魔法なしでも変幻自在、予期せぬところから攻撃が飛んできて、俺の意識を刈り取ろうと襲い掛かる。それでいて足である分リーチも長いから、攻撃範囲も自然と広くなる。獣王祭の時といい、魔王城の時といい、セラはよく勝てたもんだ。まあ、獣王祭はベルの方から降りた訳だけど。

「ちょっと、パパを倒した貴方《あなた》の力、そんなもんじゃないでしょ？　折角リハビリ明けに相手してあげてるんだから、少しは本気にさせなさいな」

「そうだそうだ、手を抜く事は許されんぞ！」

「安心しろって、まだ準備運動みたいなもんだ。そっちだって、まだ緑魔法や能力を使ってないだろ？　義父さんもああ叫んでいる事だし、そろそろ本気で打ち合うか？」

「おい愚息！　ベルの抜けるように白き肌を傷付けたら……分かっておるなぁ？」

外野が無茶苦茶過ぎる！

しかし、義父さんの存在を抜きにすれば、緑魔法のプロフェッショナルにしてセラ並みの格闘センスを持つベルは、俺の模擬戦相手として打って付けだ。風にゴムの性質を加えた粘風反護壁《リヴエカウンターガム》など、俺にはない発想力があるのもポイントが高い。

「死ねっ！」

「危なっ!?」

そして殺意が高く口も悪い。それさ、本気で言ってるんじゃないよね？　いや、俺としてはそれさえもポイント高い採点になっちゃうよ？　限りなく実戦に近いほど、俺も燃えるってもんだからな！

「良いなー、ベル良いなー。ねえ、父上。私もあそこに交ざっても良いかしら？」

「ふっ、世界で最も美しく綺麗《きれい》でかわゆい奇跡の姉妹による共演であるか。それも良かろう。セラよ、余が許すっ！　愚息の息の根を止めてくるのだっ！」

「義父《とう》さん!?」

だが、それもなかなか……ポイント高しっ！

――ダァン！

強固な作りである筈の修練場を揺らしながら、セラが大袈裟《おおげさ》に着地する。

「父上の許しが出たわ！　ベル、ここからは仲良く共闘といきましょうか！」

「別にそんな許しなんて必要ないと思うけど……ま、姉様がそうしたいなら、私は止めないわ。姉を立てるのも、妹の務めだし」

「素直でよろしっ！」

それは素直とは反対なんじゃないかな。たぶん内心ウッキウキだぞ、お前の妹。

「ケルヴィン！　風竜王の加護を貰《もら》ったらしいけど、私だって闇竜王の加護を付与されたんだから、遠慮なんていらないからねっ！」

「それを言ったら、リオンだってそうだろ。皆着々と強くなってくれて、嬉《うれ》しい限りだよ。で、見せてくれるのか？　その新しい力をさっ！」

俺達《たち》の戦いが今、開始された。

◇　◇　◇

――ケルヴィン邸・バルコニー

「いっつつ……」

「なんじゃ。そんな大言吐いておいて、結局負けてしもうたのか」

バアル姉妹との模擬戦は惜敗、いや、ここで強がっても意味がないか。結果は惨敗に終わった。粘りはしたんだ、粘りは。だが、即興でタッグを組んだとは思えない2人のコンビネーションは、長年を共にした熟練パーティのそれに近く、策を巡らそうにも、片方を魔力で押し切ろうとするにしても、セラとベルは共に何をさせても高水準を誇るオールラウンダー。おまけに勘も運もずば抜けていて、隙が全くなかった。固有スキルも油断ならないし、義父さん単体と殺し合いをするよりも、よっぽど厄介かつ強敵だったのだ。

文字通りボッコボコにされてしまった俺は、頭を冷やしにバルコニーへ自然の涼やかな風を浴びに来た訳だ。庭で遊び回る孫達を眺めていたジェラールが、先客としてここにいたのは意外だった。親馬鹿の次は爺《じじ》馬鹿と、今日は何かと甘やかす天才達と縁がある。

「負けちゃったのは悔しいけどさ、それよりも嬉しい気持ちの方が強いかな」

「おお、遂《つい》に自虐の才覚を開花させてしまったのか……」

「お前の茶化しに慣れてきた自覚はあるよ。もう長い付き合いだからな」

ふっ、当初は戸惑いがちだったジェラールのボケも、今の俺なら華麗に流せるようになった。ここにエフィルの淹《い》れた茶でもあれば、優雅に一口頂いているところだ。

「そうじゃな……確かに王とは、長い付き合いになった。覚えておるか？　初めてトラージを訪れ、勇者達が船に乗るのを見届けた後の事じゃ」

「えっ？　あ、ああ、懐かしいな……」

でもな、唐突にシリアスな空気を出される落差には、まだ慣れていないんだ。ええっと、トラージの港、トラージの港。思い出せ、その時の光景を……！

刀哉《とうや》達を見送って、めっちゃ手を振って、帰る時に――

『――契約が成し遂げられた時、ワシは王を真の主と認めよう』

ああ、そうだ。あの時、そんな話を念話越しにされたんだった。契約の達成はジェラールの祖国、アルカールの敵討ちが終わった時。先の戦いでジルドラを討ち取った今、契約は達成されたといっても過言ではない。その事を言おうとしているのか？

「おいおい、この流れでそんな大事な話を振るなよ」

「ガハハ！　流れも場所も時も、全く関係なかろう！　それにエフィルやらセラやら、王の隣には誰かしら女子がおるからな。そんなものを選んでいる暇はないんじゃよ。先延ばしになんてするべきではない、ワシにとっても大切な話じゃ。こうして、1対1で話がしたかった」

そう言うと、バルコニーのテーブル席に座っていたジェラールが不意に立ち上がり、俺の前に跪《ひざまず》いた。その様はここが王座であるかのように錯覚してしまう、王に忠誠を誓う騎士そのもの。孫好きのお爺《じい》ちゃんが何をやっているんだ、なんてからかいの言葉は、もうこの場では不適切だろう。

ジェラールが俺を王と示す限り、俺はこの席を立つべきではないし、その忠誠心を蔑《ないがし》ろになんてしちゃいけない。今はただ、ジェラールの次の言葉を待つ。

「あの頃はS級モンスターを倒せるようになっただのと、今となっては極小さい事で喜び勇んだ。じゃが、その積み重ねが今の力を生み、戦線を共にする友との関係を築くに至った。できる筈《はず》がない。そう思いながらもこの世に未練を残し、逝く事ができなかったワシの心を、王は確かに救ってくださった。妻子を失った過去のワシには、今のように孫に囲まれひと時を過ごす日が訪れようとは、想像もできなかったじゃろう」

「……俺1人の力じゃ、とてもじゃないけどできなかったよ。全部、皆が隣にいてくれたからできた事だ」

「何を言う。その中心に王がいたからこそ、皆が集まったのではないか」

「そう、かな……？」

クロメルに殺され、メルフィーナと一緒にこの世界に来て、クロトと契約して、ジェラールを従えて――俺が中心って自覚はない。ただ、俺が好きなように生きてきただけだ。全く、俺の仲間達は過大評価が過ぎる。

「王よ、今こそこのジェラール・フラガラック、真の忠誠を誓いましょうぞ」

その瞬間、ジェラールから放たれる力の圧が変化した。より重く、だけれども温かみも感じられるような、様々な感情が入り混じったもの。固有スキルの効果が及んだのかどうか、俺には判別がつかない。つかないが、ジェラールが次の段階へと移行した事は理解できる。どうやら、加護を貰った事に胡坐《あぐら》をかいてる暇はなさそうだ。逆に俺が置いて行かれちまう。

「その忠誠、確かに受け取ったよ。リオン達の為《ため》にも、精々長生きしてくれよ？」

「ガハハ、努力しよう！」

それから俺達は、周囲の空気を元の緩い感じに戻して、リオンとアンジェとリュカによる鬼ごっこを見守る事に――

「ああ、そうじゃそうじゃ。折角じゃし、実体化したワシの素顔も見とく？」

すぽっ。

「えっ？　ええあえっ――――!?」

あまりに突然の出来事に、変な声で叫んでしまった。ジェラールの素顔がどんなものだったのか？　それは王と騎士だけが知る極秘事項である。

◇　◇　◇

――ケルヴィン邸・客間

俺は今、客間にてとある人物達と対面している。1人は何の事前連絡もなしに、我が家の転移門に要請を出してきたトラージの姫王、ツバキ様。いつものように見事に着物を着こなしつつ、当然といった様子で唐突にやって来たのだ。うん、まあいつもの事だ。これには目を瞑《つぶ》ろう。ボガの話じゃ、米の炊き方をボガとエマに指導させたのは、ツバキ様の指示だったらしいし。何でも、城の料理人達が総出で教えたんだそうだ。

『不味《まず》ぅ――――い！』

『ああっ！　料理長が涙を流しながら倒れたっ！』

『何てこった。料理長の『語り』をすっ飛ばして、『泣き』にまでその不味さを届かせるなんて……』

『クッ……！　ここまでの料理下手、俺は見た事がねぇぞ！　ある意味奇跡の存在だっ！』

『エフィルちゃんが涙を呑《の》んで指南を取り止《や》めた逆逸材だって、さっきツバキ様から伺ったぞ……』

『料理長が倒れた今、俺達にできる事なんて……』

『馬鹿野郎！　今だからこそ、エフィルちゃんに恩を返す最大の好機なんじゃねぇか！』

『ふ、副料理長？』

『俺はよ、正直なところ最初、あのメイドさんを調理場に入れるのが嫌だったんだ。冷たく、ぞんざいに扱ったりもした。だが、あのメイドさんはそんな俺に対しても、真摯にあの無垢《むく》な笑顔を向けてくれたんだ。あの時、俺は料理を教えてもらうばかりで、何も返す事ができなかった。だからよ、ここでせめてもの恩返しがしてぇんだ。おめぇらが諦めても、俺は諦めない。それがトラージの男ってもんだろ、なあ？』

『……ああ、そうだ。その通りだ。俺だってあの日々、灼熱《しゃくねつ》の調理場が驚きの癒し空間に感じられた1人。副料理長、微力ながらお手伝いしますぜ！』

『お、俺だってそうだ！　成長性やセンスが微塵《みじん》も感じられない、むしろマイナス要素揃《ぞろ》いな才能がなんだってんだ！　そんなもん、努力で扉《こ》は抉じ開けられる！』

『やってやろうぜ！』

『ああ！』

『お前ら……！　へへっ、ったくよう！　よーし、まずは基本の研ぎからだ！　エマさん、ツバキ様のお気に入りだのS級冒険者の一員だのってのは関係ないぜ。手加減しねぇからな、アンタも諦めないでくれ！　その腐り切った才能、見事に開花させてやる！』

『……』

『あ、赤毛、元気ねぇぞ？　だ、大丈夫？』

わいのわいのと、そんなちょっとしたドラマもあったりして、ボガは不器用ながらにあっさりと、エマは3日3晩徹夜し、負傷者を多数出しながらも技術を会得したんだという。この話を聞いたエフィルは更に感動してしまい、涙で顔がぐちゃぐちゃに。よって、ただ今退席中だ。

「いやはや、あの時は大変であったぞ。何せ不味いものに興味のある妾《わらわ》も、あの異物には手を出さなかったのじゃからな！　くくっ！」

「ははっ……」

ツバキ様は愉快そうに話しているが、実際に担当していた料理人達の苦労は相当なものだっただろう。エフィルの時は更に酷《ひど》く、エマと同等の実力を持つシルヴィア、アリエルも一緒で苦労も3倍だったんだよな……ああ、エフィルは何も悪くない。相手が悪かっただけなのだと、今再確認した。

「配下が一丸となって国難に立ち向かう様は、いつ見ても胸が高まるものよな」

「国難って……いえ、難易度的にはそのくらいありそうですね、確かに」

「じゃろ？」

国難を防ぐ為にも、ナグアの調理技術が高まる筈である。

「ところでツバキ様、さっきから気になっていたんですが……」

「何じゃ？ もったいぶらずに聞くと良い。ケルヴィンと妾の仲じゃ」

「ツバキ様から打ち明けてくれるのを待っていたんですよ。というか、わざとでしょ？」

「くくっ」

「ああ、もう……で、そちらの御仁は？」

トラージからの来訪者は2人いた。俺がずっとチラチラと視線を送っていたのだが、ツバキ様が総スルーするので仕方なくこちらから聞いてみる。

「……」

2人目の来訪者は、終始無言を貫いていた。ソファに座った状態でも、ツバキ様と比べ頭1つ分も背の高い男性……？ だと思う。疑問形なのは、この人の顔が見えないからだ。時代劇で虚無僧が被《かぶ》るような深編み笠《がさ》で、頭部全体をしっかりとガード。部屋の中に案内してからも、全く脱ごうとする気配がない。トラージの着物を着ているし、ツバキ様が連れて来たからには知り合いなんだとは思うが……正直、怪しさ満点で見て見ぬ振りも辛《つら》いところだ。

「すまないのう。この方はどうも人見知りが激しくてなぁ」

あー。だからさっきから、こっそりとツバキ様の着物の裾を指で引っ張ってたの、この虚無僧？　容姿的に立場が逆じゃないかと、俺も少し混乱してしまったぞ。

「ええと、ツバキ様が敬称を使うという事は、もしかして……」

「うむ！　この方は竜神様、我が国の守護竜であらせられる水竜王様じゃ！」

「……（コクリ）」

「ああ、やっぱり……」

ツバキ様が改めて紹介しても、水竜王は頷《うなず》くだけで何も言葉を発さない。守護竜の割にはなかなか表に姿を現さないし、もしかして引き籠もりなんじゃ……なんて噂《うわさ》は耳にしていた。でもさ、ここまで拗《こじ》らせていたとは誰も思いはしないじゃん。シルヴィアとエマを相手に果敢に戦ったとかって話、なんだったの？　竜王にはまともな奴《やつ》いないの？

「……（とんとん）」

「どうされた、竜神様？」

「……（ごにょごにょごにょ）」

に。

「ど、どうしました？」

水竜王がツバキ様に何か耳打ちをしている。せめて声くらい出してくれても良いだろう
「ふんふん」

「もう駄目そう。シルヴィアとエマに会いたい……と、言っておる」

「何しに来たの!?」

水竜王、まさかの退室。おいおい、真面目に出て行きやがった。

「くっ、人間の姿ではあれが限界じゃろうよ。これでも持った方じゃ」

「あの、前にシルヴィアから聞いたんですけど、水竜王様ってトラージの開祖なんですよね？　なのに、あんな人見知りなんですか？」

「うむ、歴《れっき》とした偉人じゃよ。しかし、時の流れとは残酷なものでな。今ではただのむっつりすけべぇ、じゃ。詳しく聞きたいか？」

「いえ、遠慮しておきます。それよりも、どうしてそんな水竜王様を連れて来たんです？」

「それがな、竜神様自らケルヴィンを直《じか》に見てみたいと、唐突に言い出したもんでな？　妾も頗《すこぶ》る驚いたものよ」

自分で言い出してアレかい……

「まあ、竜神様は加護を与えたシルヴィアを我が子のように可愛《かわい》がっておるからな。そん

なシルヴィアを負かした事のあるケルヴィンに、ほんの少～し興味を持たれたのかもしれん」

「……それって、目の仇《かたき》って意味でですか？」

また現れたのか。まだ見ぬ子煩悩め。だがな、こちらとしては大歓迎なんだ。理性的な戦闘狂に死角はない。

「さあな。残念ながら、妾はまだ子を生《な》した経験がない。そのような気持ちは知らぬよ。それとも、ケルヴィンが教授してくれるのか？　トラージの王を継いでくれるのなら、妾も吝《やぶさ》かではないのじゃが？」

「前回の親衛隊から格上げし過ぎですって。さっさと本題に移行してください」

「む～、相変わらずのいけずじゃな。ケルヴィンが婿に来れば、トラージの未来は盤石じゃと言うのに……」

婿とハッキリ宣言してる辺り、ツバキ様はしっかりしてる。俺が間違って頷きでもすれば、翌日にでも準備を整えてしまう。そんなアクティブさが感じられるから、全く油断ならない。

「仕方がないのう、本題に移ってやろうか」

ケラケラと歳《とし》相応の笑顔を見せるツバキ様。だが、次の瞬間には王の顔に戻っていた。

「依頼されていた我が国の艦隊の用意が整った。いつでもいけるぞ」

「遂《つい》に、ですか……ご助力、感謝します」

各自鍛錬、竜王の加護と協力要請、そしてトラージの航空艦隊――決戦の日に用意すべきものが今、全て揃《そろ》った。

◇　◇　◇

――トラージ・格納庫

「おおー、こんなところにあったんですね。船の格納庫」

「うむ！　航空艦隊は我が国の要であるからな。極秘中の極秘よ」

ツバキ様から話を伺い、その足で早速トラージへとやって来た俺達《たち》。ツバキ様も一緒だから、転移門の使用も楽々だ。だけど、少しばかり急ぎ過ぎな気がしないでもない。本当であれば、折角我が家に足を運んでくれたツバキ様に、エフィルの手料理を振舞うなりのもてなしをすべきだったんだけど……

「……」

「竜神様よ。故郷に戻ったのですから、そろそろ元気になってくれませぬか？　妾だって、エフィルの絶品料理の誘惑を振り払って来たのですぞ？」

「……」

「ええと、ずっとツバキ様の着物を無言で掴《つか》んだままですけど、大丈夫なんですか？」

「うむ。見知らぬ土地に出て、誰とも知らぬ者達とあれだけ会ったのじゃ。緊張に緊張が重なって、体が鉛になってしまっただけじゃよ」

「は、はぁ……」

　虚無僧のような格好をして、こんなにもでかい水竜王が体育座りで沈黙してたら、うちの子供達が怖がってしまうだろ？　ツバキ様との話を終えて屋敷の廊下に出たら、廊下の隅っこで水竜王がそうなってたから俺まで驚いたわ。俺とツバキ様は水竜王の精神安定を考慮して、トラージへと取り急ぎ向かったという訳だ。それで良いのか、トラージの守護竜。

「あれっ、ケルヴィンさん？」

「おっと、エマじゃないか」

　格納庫の入り口にて、エマと再会する。そういえばエマはボガとの鍛錬後、トラージに残っていたんだったな。てっきり、シルヴィアの方に向かうかと思っていたけど。

「エマよ、急に呼んでしまってすまないな。お主も、あの白い方舟《はこぶね》との決戦に臨むのじゃろ？　どうせなら、ケルヴィンと共に我が航空艦隊を見せてやろうと思ってな」

「お気遣い頂きありがとうございます、ツバキ様。……ところで、そちらの大柄な方は？」

「ああ、この方は──」

「──ふっ。エマよ、余だ。水竜王、藤原虎次郎《ふじわらとらじろう》である！」

「っ!?」

思わず水竜王を2度見してしまった。アンタ、喋《しゃべ》れたんか……!? というか、急に雰囲気が竜王っぽくなったけど、一体どうした？

「くくっ……！　あー、ケルヴィンよ。困惑する気持ちも分からないではないが、其方《そなた》がそのような顔をするとは思ってもいなかったぞ。S級冒険者でも、日に2度も驚く事があるのだな」

「俺だって人間ですから、そりゃ驚く時は驚きますよ。それにしたって──」

水竜王とエマの会話に耳をそばだてる。

「水竜王様、どうしてそのような面を被っているのですか？」

「余は竜王であり、トラージの守護竜であるからな。いわば、この国の名士よ。迂闊《うかつ》に人化した顔を晒《さら》してはならんのだ」

「逆に目立ってますよ」

「む、そうか？　これは一本取られてしまったな。ハァーハッハッハ！」

屋敷での憂鬱そうだった姿が嘘《うそ》だったように、饒舌《じょうぜつ》で高笑いまで決めている。何なの？　この竜王何なの？

「あの深編笠の中身、本当に同一人物ですか？」

「周りにいる者の人数が、心を開いた者の方へと傾いたからな。知り合いの中でなら、竜神様はいつもあんな感じじゃ。面白いじゃろ？」

面白いっつうか……もう一度言おう。それで良いのか、トラージの守護竜。

「面白ドラゴンは措いておくとして、早速格納庫へと乗り込もうぞ」

「いや、面白ドラゴンって……ああ、もう。２人とも、中に入るぞ！」

「あっ、すみません。行きましょうか」

「すまないな、向かうとするか」

この状況下なら、俺の言葉にも普通に返答してくれるのか。それができるのなら、もっと前から実践してほしかったのは内緒の話。一々この竜王にツッコミを入れていたら、話が進みそうにない。もうスルーで通そう。

――ガラガラガラ。

格納庫の大きな扉が自動で開くと、その中からここの担当者と思われる職員が出てきた。格好としてはトラージの城にいた、転移門に魔力を注入してた人達と似てるかな。王宮魔導士とか、たぶんそういう類。

「お待ちしておりました、ツバキ様。万事抜かりなく、準備は整っております」

「うむ、ご苦労。今日は例の客人達も来ておる。案内を頼むぞ」

「承知致しました。それではこちらへ」

格納庫の内部は想像以上に広く、下ったり上ったりと迷ってしまいそうな構造だった。実際、この場所は秘匿された場所であるから、わざとそんな風に作っているんだろう。格納庫とは名ばかりで、侵入者を防ぐ為《ため》の迷宮といった印象だ。案内人がいなければ、俺も壁に穴を開けて力ずくで進んでしまいたい欲求に駆られそうだ。

で、案内人の歩速に合わせて、10分か20分ほど歩いただろうか。それまでとは明らかに造りの異なる、開けた空間に俺達は足を踏み入れた。

「ふぅー、流石《さすが》に疲れたのう。じゃが、漸《よう》く到着じゃ」

「これがトラージが誇る船、ですか」

そこは言うなれば、屋内に造られた大規模な港だった。四方は壁で囲まれているのだが、高いところにある床以外は全て水で覆われており、それらは磯臭《いそくさ》い独特な匂いを放っていた。間違いなく海水である。そして水の上を見れば、何十隻もの船の姿が拝めた。浮かび並ぶ船の外見はガレオン船のようで、その殆《ほとん》どが木造だ。側面には大型の大砲が備え付けられ、これらが攻撃の主力を担うのだと推測する事ができる。

「うむ。妾《わらわ》らはこれを水燕《すいえん》と呼んでおる。本当であれば、先のトライセンとの戦争の際にお披露目となる筈《はず》だったんじゃが、どういう訳か機会がなくての」

「ああ、戦闘前に魔法騎士団が退却したんでしたっけ？　戦う前に帰るなんて、失礼な奴らですね」

「う、うむ？　少し妾の考えと違うような気もするが、まあ、そうじゃな」

俺だったら怒っちゃうね。恨んじゃうね。

「水燕《すいえん》は一見海を航海する船のような外見じゃが、此奴《こやつ》の能力はそんなところでは止まらん。海中へと潜る事での奇襲はもちろん、大空までも翔《かけ》られるし、作戦行動範囲が途轍《とてつ》もなく広いのじゃ」

「飛ぶだけじゃなくて、潜水も可能なんですか？」

「可能じゃ！　実際トライセン軍を待っておった時、ずっと潜っていた！」

ツバキ様がビシッと閉じた扇子を船に向ける。うーむ、想定していたよりも高性能で、少し疑ってしまった。それって、飛行可能な潜水艦みたいなもんだよね？　かなり凄《すご》い事なんじゃないか？

「ふふっ、驚いているようじゃの。水国トラージは4大国の中でも、デラミスと同等程度に魔法の扱いに優れておる。青魔法と緑魔法に関して言えば、それさえも凌《しの》ぐといっても過言ではない。この水燕《すいえん》はトラージの技術と魔法の結晶なのじゃ」

「へえ、魔法……という事は、魔力が原動力になっているんですか？」

「流石にそこまではケルヴィンにも教えられんよ。まあ、婿入りの話を受けるのであれば別じゃがな」

可愛らしいウインクを飛ばすツバキ様。ハハッ、永遠に聞く機会は来なそうだ。

「でも、本当に凄いですね。こんなにも大きな船が、まさか空を飛ぶなんて……！」

「エマにまで褒められてしまったのう。実に喜ばしい！……じゃが、妾らとてあの方舟との性能差は十分に承知しておる。水燕《すいえん》を百隻飛ばそうとも、その力は白き戦艦の飛行能力には遠く及ばない。ケルヴィンよ、今回妾らにできる事は、あくまでも運搬じゃ。それ以上の期待はしてくれるな」

ツバキ様やここの職員は、嫌というほど戦力の差を痛感していたのかもしれない。先ほどまでの笑顔も、どこか純粋に喜んでいるようには見えなかった。

「いえ、十分過ぎるくらいですよ。それにそこからは、俺らの仕事です」

◇　◇　◇

――トラージ城

その日はツバキ様のお誘いもあって、トラージ城で1泊する事となった。一度言い出したらツバキ様は、それが無難で可能な案であればまず譲らない性格なので、大人しくお世話になる事に。折角の機会だ。厨房《ちゆうぼう》の勇者達に、エフィルに代わってお礼をしておこう。

エフィルに1泊してくると念話を送った後、船に乗ってトラージ城に到着すると、いつの間にか水竜王の姿が消えていた。気配を探すと、なぜか海の中にて水竜王を発見。何気なくツバキ様に聞けば、竜海に出れば泳いで自分の巣に戻れるそうで、満足して帰って行ったのだという。最後までフリーダムだったな、トラージの守護竜。

それからは特筆すべき事柄はなく、城内で穏やかな時を過ごす事ができた。ここ最近トラージで量産化を狙っているという炬燵《こたつ》でまったりし、新商品のゲテモノを自慢されたりと、どこか懐かしい時間だった。

途中、エマの腕前を見る為に米炊きを実践してもらうという、世にも恐ろしいイベントがなぜか開催。嫌な汗が自然と出てくる。結果は分かっていた。エマは普通に米を炊けていた。しかし、やはり直接目にすると感動もひとしおなのだ。エマはこれから米炊きは自分の仕事だと息巻いていたが、お前らのパーティ、米は常備してなかっただろ……というツッコミは呑《の》み込んでおいた。俺ができる唯一の優しさである。

「それではケルヴィンさん、おやすみなさい」

「ああ、おやすみ」

夜に隣の客室のエマと別れ、そのまま就寝。客室に敷かれた布団に入ると、不思議と直《す》ぐに俺の意識は夢の中へと誘《いざな》われた。……いや、この時から予感はしていたのかもしれない。今日は何か、特別な夢が見られそうだと。

◇　◇　◇

――？？？

「……ん、やっぱりか」

いつか目にした、夢の中での光景。美しい庭園は今日も協調性のない様子で、俺の記憶から数多《あまた》の異物を引っ張り出しては、その辺に放置したままにしている。以前メルフィーナと再会した時と同様、俺は再びここへとやって来たようだ。

「いつ振りかな？　もう大分前の事にも感じられるよ」

「そうですか？　私はつい昨日の事のように感じられますが」

そんな軽口を叩《たた》きながら俺の前に現れたのは、私服姿のメルフィーナだった。但し、周りの目を気にする必要がないからか、天使の輪や翼は顕現させている。蒼《あお》い髪、純白の翼、黄金色に輝く輪がいつもよりも眩《まぶ》しい。

「……」

「どうしました？　そんなに私の顔を見詰めて……ふふっ、改めて見惚《みと》れてしまったとか？」

メルは笑顔だった。自惚《うぬぼ》れかもしれないけど、俺と会えた事がよほど嬉《うれ》しかったのか、満面の笑みを浮かべていた。とびっきりの御馳走《ごちそう》を目の前にした時のような、それでいて俺がよく目にした、あの見慣れた笑顔だ。

──だが、違う。

「……クロメルの方か、お前？」

メルを模したそれは、驚いたように一瞬だけ目を見開いた。だけど直ぐに微笑《ほほえ》みをこぼして、そのまま全身から漆黒の瘴気《しょうき》を放ち出し、闇の中に姿を隠す。

「ふふ、ふふふっ……どうして気が付いたんです？　私《クロメル》は完璧に私《メルフィーナ》を演じていた筈なのに、どうやって見破ったんです？」

渦巻く闇が晴れ、その中からクロメルが正体を現した。清らかさの象徴のようだった純白の翼や黄金の輪が黒に染まり、髪もまた俺と同色に変化する。何よりも変わっていたのが、外見から推測できる年齢だ。10代後半頃の少女の姿から、リオンよりも幼く思える小さな小さな姿へ。しかし、バサリと暗黒の翼を散らしながら登場した彼女の顔には、それでも同じ表情が貼り付いていた。

「完璧過ぎたんだよ。前に会った時のあいつは笑顔だったけど、その下で何かを我慢していた。隠していたつもりだったんだろうが、辛《つら》そうだったんだ。俺がその違いを見逃す筈がないだろう？　お前はモノホンのメルフィーナとは違うって、直ぐに確信したよ」

「まあ、とても嬉しいです。そんなにも私《メルフィーナ》を見ていて下さっただなんて、私《クロメル》の事のように嬉しいです！」

「そうか。それは何よりだ」

クロメルは本当に、心の底から喜んでいるようだった。メルフィーナもクロメルも、元は同じ天使だ。それを喜ぶのは筋違いでもなんでもない。まあ、少しややこしくはあるけど。

「それにしても、あまり驚かれていないのですね？　私があなた様の夢の中に現れるという、ラスボス自らが出張るが如《ごと》くのサプライズでしたのに……」

「少しは驚いたさ。で、夢の中で戦ってくれるのか？　俺は歓迎するぞ？」

「残念ですが、ここでは何もできませんよ。ただ、私《クロメル》があなた様の配下にある私《メルフィーナ》を通じて、夢の中で語り掛けているだけですから。以前に私《メルフィーナ》が、あなた様と密会していたように、かもですね？」

「……気付いていたのか」

クロメルは可愛《かわい》らしく首を傾《かし》げて見せるも、心中では既にそうであると断定している。

「知っていて泳がせたのか？」

「いいえ。私《クロメル》が眠りに就いた際、私《メルフィーナ》が情報を盗み取ったのは、正直なところ想定外でした。ほら、私って一度眠ったら、なかなか起きられないじゃないですか。思わぬ奇襲を受けちゃいました」

あ、そこはやっぱり一緒なのね。となれば、密《ひそ》かにあの戦艦の中では食費が凄い事になってんのかなぁ。と、要らぬ心配をついしてしまう。

「ですから、敬意を――あの、何か失礼な事を考えてません？」

「気のせいだ」

「そうですか？　ふふっ、あなた様とお喋《しゃべ》りができたので、気分が高揚しているのかもしれませんね。ああ、凄く楽しいです」

「……涙ぐみながら言う台詞《せりふ》じゃないと思うけどな」

「あら？　あれ？」

クロメルは瞳から、大粒の滴をぽろぽろと流していた。俺が指摘するまで、クロメルは気付いていなかったようである。……それは唐突な事で、指摘した俺の方が言葉に詰まってしまう。これ以上、何て声を掛けてやれば良いのか、その涙を拭ってやれば良いものなのか、俺には分からなかった。

「おかしいですね。こんな感情、もうとっくに捨てた筈《はず》なのに……申し訳ありません。私とした事が、あなた様との再会にとんだ水を差してしまいました。てへぺろ、というものですかね？」

涙を拭いたクロメルの目に、もう涙はなかった。小さな舌を出して、すっかり元の笑顔に戻っている。一瞬、何かの策略か？　という考えが頭を過《よぎ》ったが、直ぐに掻《か》き消した。こいつの目的はもう判明している。今更、そんな事をしたって何にもならない。メルフィーナからクロメルが生まれてしまった背景を思えば、その決意の固さも折り紙つきで、故意に俺の戦意を削《そ》ぐような行為をする筈がないんだ。

……だが、しかしだ。

「お前にはさ、その道しかないのか？　俺と、殺し合いをする道しか――」

「――ありませんよ。その為《ため》に全てを犠牲にし、全てをあなた様に捧《ささ》げているのです。後戻りをする道なんて、ありません。いりません」

ああ、分かってる。こいつは俺にとって最高の女で、最愛の人だった、最強の敵。そう、敵なんだ。俺の為だけに全てをなげうった、最高最愛最強の敵。なら、もう掛ける言葉は決まっている。他ならぬ、クロメルも望んでいる言葉だ。

「そっか……じゃあ、クロメル」

「はい」

「お前の最後は俺が決めてやる。他の誰にも譲ってなんかやらない。必ず俺がこの手で、クロメルを仕留めてやる」

「ふ、ふふっ、ふふふふ……！　ああ、素敵です！　そんなにも激しく、あなた様は私を求めてくれるのですね!?」

その幼い姿からは想像もできぬ、扇情的な表情がだだ漏れとなる。そんなクロメルを、俺は嫌ったりはしない。むしろ、これ以上なく好ましく愛《いと》おしい。

「こっちの準備は整った。世界も大切だが、今はお前との営みが第一だ。来週末、絶対に

予定空けとけよ！」

「良いでしょう。楽しみに待っています！」

◇　◇　◇

――ケルヴィン邸・食堂
夢から目覚めた俺は、直ぐさま屋敷へと帰還した。ツバキ様から転移門使用の許可を得て、ついでに妾《わらわ》も行く！　などと言われなどもして、共に屋敷へと帰還したのだ。そして、食堂にて皆を招集する。夢の中でクロメルと約束した、決戦の日取りについて話す為に。

しかし、しかしだ――

「美味《う》い《ま》、美味過ぎる……！　エフィル、また腕を上げたな！」

「お褒めに与《あずか》り光栄です、ツバキ様」

「グスタフ様、いい加減に戻って来てください！　一体いつまで国を留守にするおつもりですか!?」

「ええい、その為のビクトールであろうが！　貴様、こんなところにまで押しかけて来おって！」

「ねえねえ、刹那《せつな》～。あーんさせてよ～。あ～ん」

「「「……」」」

「ちょっと、誤解を招く真似《まね》は止《や》めてくださいよ！　ほら、刀哉達《とうやたち》も目が点になってるし！」

「そうだそうだ！　その代わり、おじさんが犠牲になろう！　ほらフーちゃん、思う存分あーんして良いよ！」

「……あれはあれで、1つの愛の形なのかしらねん。どう思う、セラちゃん？」

「私ね、これまでを通じて1つ学んだ事があるの。それはね……愛は、種族の垣根を越える！　私とケルヴィンが結ばれたんだもの。つまり性別の壁を越えたって、何ら不思議ではないのよ！」

「まあ！　何て事かしらんっ！」

「の、のうセラよ。種族やら性別やらのその話、ワシへダイレクトにダメージくるから、本気で止めてくれん？」

「あの、ジェラールさん。私なら、その、種族の壁しかありませんし、大丈夫ですよね……？　キャッ、言っちゃった！」

「も、もう我慢の限界です……メルフィーナ様の香り成分が、不足して、グフッ……！」

「コレットちゃん、しっかりして！　ケルヴィンお兄ちゃんとリオンちゃんの間に、早く挟まれて！」

――何か、すっごい纏《まと》まりがない……！　今現在行われている食堂内の会話の一部を吸い上げただけで、この濃さである。屋敷の食堂、かなり広い筈なのに、今日は長テーブルの椅子が足りないくらいにごった返しているし、何なのこれ？

大国の王族達はもちろんの事、古今東西の勇者と魔王が勢揃《せいぞろ》いし、世界最高峰の変態達まで集結している。いや、確かに俺が招集をかけはしたけどさ、こんな直《す》ぐに集まるとは思ってもいなかったよ。精々がマイファミリーに話すつもりの心積もりだったのに、世界会合みたいな面子《メンツ》が揃っちゃったよ。これ、誰が取り仕切るの？　え、俺？

「コホンコホン！　皆、今日集まってもらったのは他でもない。決戦の日取りがだな――」

――ザワザワガヤガヤ！　と、俺が話そうにも一向に喧騒《けんそう》が収まる様子がない。当然だ、一癖も二癖もある、一転してバク宙するような奴《やつ》らが、この1室に集まってしまったんだ。静かになったら逆に不気味である。

「ねえねえ、ケルにい」

「ん、どうした？」

もう半分ほど諦めて、服の裾を引っ張りながら俺を呼ぶリオンの声に集中する事にした。今日もリオンは可愛いなぁと、この場の熱気が収まるまで現実逃避開始。うん、それが良い。とても癒される。

「前から思っていたんだけどさ、食堂にあるこの長テーブルって、漫画でよくある敵組織の会議シーンで出てきそうだよね？」

「え？　あ、あー……まあ、確かにありがちかも？」

バトル系の漫画やらアニメやらの映画である、敵側の幹部が一堂に会するシーンの事かな？　如何《いか》にもな会議室や集会場に集まって、思わせぶりな台詞を各々が言いながら、読者に対する紹介を兼ねてやるやつ。んでもって、必ずといっていいほど、こんなテーブル囲んでるの。

「……まさか、やってみたいとか？」

「遊び、ここだけのちょっとした遊びでさ！　皆まだ盛り上がってるみたいだし、気分だけでも一度味わってみたくて……」

どうやらリオンは、以前からそういうのをやってみたかったようだ。これだけの実力者、加えて濃い面子が揃うのは稀《まれ》な事。これを良い機会だと見て、提案したって感じかな。その気持ちは分からなくもないけど、流石《さすが》にこの歳《とし》でそういうのは――

「駄目、かな……？」

「――皆、集まったようだな。これより、定例会議を始める」

やるしかないでしょ。妹にそんな顔をされたら、それはもうやるしかないでしょ。

「やけに急な招集だったね。何かあったの？」

当然だけど、リオンはノリノリだ。テーブルに両肘を付いて、キャラの1人はやっていそうな姿勢を作っている。

「今は何かと多忙な時期。用件は早く済ませてほしい」

俺とリオンの会話に割って入ってきたのは、意外にも雅《みやび》だった。こいつはさっきまで、刹那達のやり取りを唖然《あぜん》としながら見ていた筈。なのに自然な流れで入ってきているし、トレードマークである魔女帽を深く斜めにして被《かぶ》るその仕草は一体……刀哉と奈々《なな》が、今度はこっちを見て目を点にしてるぞ。

「ふふっ……ケルヴィン、その話は本当なの？　これから面白くなりそうね」

何かセラまでもが乗っかってきた。なぜか手にワイングラスを持って、これ見よがしに傾けている。セラの戦闘服はどちらかというと悪役らしい軍服デザインだし、実にそれっぽい。うわ、ちょっと格好良いと思っちゃったじゃないか……！　でも、ちょっと待ってくれ。俺、まだ本題に触れてないのに、何が面白くなりそうなの？　あとそのグラスの中身、ブドウジュースだよね？　間違ってもワインじゃないよね？

「酷《ひど》いじゃない、お姉様。世話役のビクトールが倒されたというのに、面白いだなんて」

「ふん、ビクトールがやられたか……奴は悪魔四天王の中でも、最も小煩《こうるさ》い姑《しゅうとめ》のような男よ」

セラがごっこ遊びに入ったからか、今度はベルが、そしてセラベルが仲間入りして、次は義父《とう》さんが会話に参加し始めた。本場の悪魔なだけあって慣れているのか、それっぽい雰囲気が凄《すご》い。で、何で君らまでグラスを掲げているのよ？　バアル家は酒が弱い癖に、そういう取り決めでもあるのか？　ベルの持つカクテルグラスなんて、シュワシュワの炭酸水にチェリーまで添えてある。……おい、ただの炭酸水なんだよな⁉　信じて良いんだよな⁉

「……」

ちなみにビクトールは、空気を読んで口を挟まなくなった。完全に空気と化してベルが言い出した設定を頑《かたく》なに守ろうとしている。手には色紙があり、そこには『ブドウジュースと炭酸水です』という達筆な文字が記されていて――ああ、できる部下で苦労人って、正にビクトールの事を言うんだろうな……

「ご主人様、一度落ち着きましょう。紅茶をどうぞ」

「あ、ああ、そうだな。ありがとう、皆にも振舞ってくれ」

それからもこの流れは伝染に伝染を重ね、遂《つい》には全員参加型の芝居のような様相を呈する事に。ひょんなところから通じた、全員の意思疎通。折角なので、俺はこれを利用させてもらう事にした。

「――という訳だ。来週末に東大陸、西大陸、北大陸の中心海域にて、あの白き方舟《はこぶね》との決戦を行う」

「フォッフォッフォッ、腕が鳴るのう」

「くくっ、輸送に関しては妾らトラージ航空艦隊に任せてもらおうぞ。船に乗ったら最後、帰れる保証のない片道切符ではあるがな」

「いいえ、きっと大丈夫です。我らには神の加護があるのですから、最早《もはや》それは定められた運命。神に仕える巫女《みこ》として、私が保証致します」

「何を言っているんだい、コレット？　その神様みたいな奴と戦おうとしているんだよ。論理的におかしいと、フーちゃんは思うのだよ。こう、データが足りないし、運命なんて気にせず殺《や》っちゃえば良いんだよ！　へへっ！」

「あらん、神様に不満を持ってるのん？　ならぁ、私が新たな女神に立候補しようかしらん？」

　持ち前の地位や性格を活《い》かす者がいれば、キャラを作り過ぎて崩壊しかかっている奴もいる。しかしながら、元ネタが会議形式という恩恵もあって、肝心の議題については滞りなく周知する事ができた。結果的にリオンに感謝感謝だ。あと、正直なところ俺自身も少し楽しくなってきている。コミュニケーションの一環だと考えれば、こういった手法もありなのかもしれない。

「ふふっ。楽しいね、リオンちゃん」

「あ、シュトラちゃん！　さっきは迫真の演技だったたよ。クールな女幹部の姿が垣間見《かいまみ》えたもん！」

「えへへ、何だかお城での会議を思い出しちゃって」

「うん、お城？　どういう事？」

「秘密だよ～」

「ええっ、教えてよ～」

こうしてバラバラだった俺達の心は繋《つな》がり、一致団結して決戦へと臨む事となった。

◇　◇　◇

――ケルヴィン邸・庭園
なんちゃって会議から数日が経過し、いよいよ決戦日が間近となった。日取りが決まってからというもの、時の流れがいつもより早く感じられる。途中、ビクトールの手腕によって義父さんが強制帰国させられたのも要因の1つだろうが、それよりもクロメルと刃を交える事に対する、ワクワク感が日に日に増していたのが大きいかな。
俺はクロメルを倒すと宣言して、クロメルはそれを受けた。あいつに同情する選択肢もあっただろう。だが、あいつはそんな事を望んでいない。1000年にも達する年月を、クロメルはこの日の為《ため》に費やしたんだ。俺を楽しませる。ただ、それだけの為に。

　だから、俺は最大限に楽しませてもらう事にした。クロメルがこれまで積み重ねてきた全てを、悉《ことごと》く貪る事にした。力を、技を、魔法を、神秘を、奇跡を――全部、全部だ。それがあいつを絶望の底へと堕天させてしまった俺の責務、いや、何よりも、俺自身がそうしたいんだ。俺は、クロメルの全てが欲しい。積み上げた全てを食らい尽くした上で、メルフィーナを助け出す。絶対に。

「ケルヴィン君、悪い顔になってるよー」

　俺の前を通りかかったアンジェに、俺の表情を指摘される。

「えっ、使命感に満ちた格好良い顔じゃなくて？」

「ううん、欲望に満ちたいつもの格好良い顔だったー」

　おかしいな。俺、かなり良い事を言ってたつもりだったんだけど……

「ケルヴィーン！　そんなところで耽《ふけ》ってないで、出発の準備手伝いなさいよ！　クロトの保管に入れておくものリスト、最終チェックはケルヴィンの仕事でしょ！」

「分かった分かった！　分かってるから、セラもそんなに叫ぶなって」

　セラに言われてクロトの前に戻り、エフィルから一覧表を受け取る。俺達は今、屋敷を出発する直前の準備を進めているところだ。とはいえ、俺達の基本スタイルはいつものと何ら変わらない。必要なものはクロトに渡し、手ぶらでゴー！　である。

「ご主人様、お忙しいところ失礼致します。クレアさんとウルドさんがいらっしゃいました」

「クレアさん達《たち》が？」

今日屋敷に来るなんて話、してたっけ？　そう俺が考えて間もなくして、正門の方から2人の姿が見えてきた。ウルドさんはいつもの冒険者の装い、クレアさんは仕事中に抜け出して来たのか、エプロンに三角巾と女将《おかみ》姿だ。手には大きめのバスケットを持っている。

「ケルちゃん！　天使の巣に向かうって噂話《うわさばなし》を耳にしたんだけどさ、それって本当の事かい!?」

「すまねぇな、ケルヴィン。クレアが誰かから変な噂話を聞いたみたいでよ、連絡なしに来ちまった」

戦艦エルピスを攻略する作戦は、一部の者達にしか知らされていない極秘事項だ。冒険者であればS級以上とか、そのくらいに極秘。その筈《はず》のこの件がクレアさんの耳に入ったって事は、誰かしらが口を滑らせて噂となってしまった感じかね。まあ、あの面子では秘密にするなんて到底無理な話だから、誰も秘密で通すなんて無茶は期待していなかったと思うけど。

「ええ、まあ……冒険者の中でも殆《ほとん》ど秘密になってるここだけの話なんで、あまり公言しないようにお願いしますね」

「おお、マジだったのか！　あいたっ!?」

「ほらね、アタシの言った通りじゃないかい！　この人ったら、眉唾もんだって全っ然信じなくてね！」

「ははっ、まあまあ」

ウルドさんの屈強な背中を、割かし本気めにバシバシ叩《たた》くクレアさんを宥《なだ》める。冒険者として確かな実力を持つウルドさんが結構痛がっているあたり、クレアさんのパワーも相当だ。

「それで、今日はどうしたんです？　その事を確かめに？」

「それもあるけどね。はい、これを持って行きな」

クレアさんから、先ほどのバスケットを手渡される。お、結構ずしっときた。

「どうせならと思ってね、腕によりをかけて最高の料理を作って来たんだ。皆の様子を見るに、今日くらいに出発するんだろ？　それ、エフィルちゃん達と一緒に食べておくれよ。これがアタシからの、最大の援護射撃さね」

「へえ、ありがとうございます！　おお、凄く良い匂いだ」

中に入っているであろう、料理の良い香りがバスケット越しに俺の鼻元へと漂う。自然と口の中に唾液が出てしまう。

「ん……？　スンスン」

おっと、エフィルもこの匂いが気になったのか、俺と一緒になって料理の香りを確かめている。人前だというのに、作法を重要視するエフィルにしては珍しい行為だ。

「……この香り、私もまだかいだことのない匂いです。クレアさん、この料理は一体？」

「ふふっ、それは開けてからのお楽しみだよ。バスケットの中にレシピを書いた紙も入れておいたから、今度は自分で作ってみな。ま、これがアタシがエフィルちゃんに教えられる、最後のレシピになるのかねぇ……エフィルちゃん、アンタは本当に良い女になったよ」

「クレアさん……！」

クレアさんのかーちゃん気質が凄い。エフィルが口元を押さえて、今にも泣きそうになっている。しかし、まだエフィルも知らない秘伝のレシピを隠し持っていたとは、クレアさんのレパートリーはどうなっているんだ？　掘れば掘るほど掘り起こされる。

「ふふっ、これなら自信を持ってお嫁に出せるってもんさ！　ねえ、アンタ！」

「おうよ！　エフィルほどの良い女、そうそういるもんじゃねぇ！　ケルヴィン！　無事に帰ったら、言う事はちゃんと言ってやれよ！」

「あの、それはどういう……？」

2人はエフィルに満面の笑みを向けながら俺の背後へ回り込み、バンバンと手の平で背中を叩き始めた。痛い痛い。

「ふ、2人とも、それは分かってますけど、あまりここで大声で話されると……」

「えっ……？　え、あっ、ええっ!?」

ほら、エフィルも2人の言葉の意図が分かって混乱してるし。言いたい事は十分過ぎるほど伝わっているんだけども、アンジェやセラ達もいる中でその発言は不味《まず》い。何だ何だと周りが注目し始めている。あと、その台詞《せりふ》は若干フラグっぽいです、ウルドさん。

「ま、俺としちゃあクレアが一番なんだけどなっ！　これでもよ、昔はエフィルに負けないくらい美人だったんだぜ。信じられるか？　若い頃はパーズの美人コンテストに出たりだな——」

「アンタ、一言多いよっ！」

「ぐぅおっ！」

クレアさん渾身《こんしん》の飛び蹴りが炸裂《さくれつ》して、ウルドさんが吹き飛んだ。そこに通りかかったジェラールが、宙を舞うウルドさんをキャッチ。って、よくあそこまでウルドさんの巨体が飛んだな。若干白目をむいてるし、大丈夫だろうか……

そのふくよかな体型からは想像できない華麗な蹴りに、途轍《とてつ》もない美貌を持っていた過去に、エフィルをも凌《しの》ぐ料理のレパートリーの多さに、今日は驚く事だらけだ。クレアさんとは結構な付き合いの筈だが、新しい側面を続々と見せ付けられる。

「ふう、スッキリした」

そして実の夫を蹴り飛ばした後の、この清々《すがすが》しいまでの笑顔だ。俺自身、クレアさんの事は尊敬している。しているんだが、流石《さすが》にここまでエフィルに真似《まね》してもらいたくはないな……

「でだ、ケルちゃん、エフィルちゃん。アタシらはこんな風に、いつも通り馬鹿やりながら待ってるからさ、帰って来たらまた一杯やりにきなよ。結婚報告も嬉《うれ》しいけど、やっぱり元気な顔を見せてくれるのが一番さね。約束だよ？」

「……！　ええ、約束します。なあ、エフィル？」

「はい、必ず……！　その際は、クレアさんにも負けない料理を持参しますので」

「ほ～、言うじゃないか。料理の師として、まだまだ負けてやるつもりはないよ！」

今日ここにクレアさん達がやって来たのは、噂話を耳にしたんじゃなくて、俺達からただならぬ雰囲気を察したからなのかもしれない。俺達を元気づけ、少しでも心の支えになれるようにと。じんわりと、温かいものが心に染み渡る。

「ケルにい、時間だよ！」

「行っといで、ケルちゃん！」

身も心も準備万全。もう怖いものものもメルの食費とコレットの暴走、セラの飲酒以外には何もない。

「皆、準備は良いな！　よし、行くぞ！」

「おーい、ウルド殿が一向に目覚めんのじゃが、よいのか～？」

行く前に、ウルドさんに治療を施した。

「……」

◇　◇　◇

――ケルヴィン邸・転移門前

地下に設置した屋敷の転移門。これを潜《くぐ》り、本日俺達はトラージに向かう段取りとなっている。決戦を終えるまでの間、今ではすっかり住み慣れたこの屋敷とも暫《しば》しお別れだ。これまで色々あっただけに、少し感慨深い。しかしあまり思い出に浸り過ぎるのも、俺らしくないいか。いつものようにちょっと遠出をしてくるだけだと考えて、手土産にメルフィーナを連れ戻す。うん、これでいこう。

後は……そうだな。留守番を頼むエリィとリュカにも、何か一声掛けておかないと。2人とも事情を知る側の従者だし、さぞ心配しているだろう。

「いいか？　このマニュアルに沿って世話してやれば、何も問題ねぇからな？　俺が愛情と丹誠込めて育てた野菜たちの事、マジで頼んだぞ！　冗談抜きに！」

「もー、ハクちゃんは心配性だなー。私とお母さんにゴーレム達もいるから、安心して行って大丈夫だよ」

「私のフルーツ畑も注視してほしい。もう直《す》ぐ実りの時、その時はエフィル姐《ねえ》さん特製のデザートをご馳走《ちそう》する。絶対約束する」

「あの、おでの水田も、できれば……」

「ご安心ください。私達が責任を持ってお世話致しますから」

……竜ズがエリィとリュカの下に集まって、マニュアル指導やら懇願やらを試みている。心配してんのはダハク達の方だったか。主に農園の、だけど。

「おーい、そんなに心配しなくたって大丈夫だぞ。お前ら、2人の仕事振りを知ってるだろ？」

「そ、そりゃ十分理解してるッスけど……野菜《あいつ》らは、野菜《あいつ》らは俺の子供みたいなもんなんス！　いくら神経質になったって、心配し過ぎるなんてこたぁねぇんスよ！」

「珍しくダハクと意見が一致した。私の果物達《チルドレン》も、とても繊細だから我が身のように心配。糖度が高くなるか不安で、夜も眠れなくなる」

「ええと……分かりやすく言えば、恋心、みたいな感じ、だな」

「「それだ！」」

「そ、そうか……」

　この竜王達、もう完全に百姓魂に目覚めてるよ。後戻りできない段階にまで達してるよ。

「だけど、立ち入り禁止にしてた場所は流石にやらせるなよ？　危ないから」

「その辺は問題ないッスよ。この日の為《ため》に、俺が責任を持って全部収穫しといたッス。リュカ達に頼んだのは、安心安全超美味なダハク印の野菜のみ！　いつか、全国の野菜ジャンキー達に俺の魂《ソウル》を届けたいッスね～」

野菜ジャンキーとは一体。そんな風に俺が言葉に詰まっていると、エフィルがクスクスと笑いながら俺の隣にやって来た。

「エフィル姐さん！　姐さんなら、俺らのこの気持ちが分かりますよね！」

「そうですね、尊い想《おも》いだと思います。私がご主人様を想うような、そんなニュアンスですよね？」

「流石は私達のエフィル姐さん。どこまでも思慮深く、愛に満ちている」

エフィルの言葉に感動して、竜王達が激しく頷《うなず》く。たぶんだけど、俺が同じ言葉を言ってもムド辺りは納得しなかったと思う。クソ、やはり世の中餌付けなのか……!?

「私からも2人に話があるので、エリィ達を少しお借りしても良いですか？」

「どうぞどうぞ、エフィル姐さんがそう望むのなら、私は無償で力の限り助力する」

「んだば、おでらは先に行こうか？」

「だな。それじゃ兄貴、一足先に行って、植物採集でもして待ってますんで！」

「トラージは苺《いちご》が美味《おい》しい。この日の為に、お小遣いを貯《た》めておいた」

「おでは、んんと、んんと……」

「いってらっしゃーい。畑は任せてー」

「あ、それな！　マジで頼ん――」

何をするのか迷いに迷い、鼻歌交じりでがま口を開き、振り向き様の言葉の途中で転移門を潜って行った偉大なる竜王達《たち》。あいつら、平常心が過ぎないか？

「コホン。エリィ、リュカ。私達が屋敷を留守にする間、ロザリアとフーバーも私用で不在となります。この屋敷の存続は貴女《あなた》達の双肩にかかっているといっても、決して過言ではありません」

「はい」

「はい！」

いつもは歳《とし》相応にはしゃぎ回るリュカも、メイド長であるエフィルの前ではいっぱしのメイドらしい態度を示している。双肩にかかるってのは言い過ぎ……でもないか。

決戦場もそうだが、地上に残る皆も故郷を護《まも》るという大任を担っているんだ。獣国ガウンは獣王とその息子達が、神皇国デラミスは教皇フィリップと古《いにしえ》の勇者達が、水国トラージはツバキ様、そしてデラミスより派遣されたムルムルが、軍国トライセンはダン将軍やフーバー、ロザリアが残る事になっている。彼らと同じく、2人にはウルドさん達と共に俺達の故郷を護ってもらわなければならない。

そうなると、これはなかなかに責任重大だ。エフィルがエリィ達の気を引き締めるのも、

納得のいく話である。え、俺？　ワクワクしちゃって、昨夜はなかなか寝付けなかった

よ？……はい、自重します。

「2人とも、俺達が帰って来るまで家を頼んだぞ。あと、帰ったら帰ったで、メルの奴《やつ》が腹ペコになってるだろうから、料理の準備もしておいてくれ。たぶん、これまでにないくらいに食べると思うからさ」

「ふふっ、でしたら食材を沢山買い溜《た》めておきませんと」

「私もお料理作るの頑張って、メイド長をフォローするね！」

「ははは、頼もしいじゃないか」

リュカには未《ま》だ見習いの肩書きが付いているけれど、俺としては2人とも立派な従者になってくれたと思っている。基本的なメイドの仕事はもちろん、レベル100を軽くオーバーしたその強さも侮れないもので、その辺で英雄を名乗っても何らおかしくない実力者に成長した。

エリィ、リュカと初めて出会ったのは確か……そう、トラージで起こった黒風騒動の時だった。あの頃は黒風のアジトから救出した人質達の中に、まさか我が家の使用人になる者がいるなんて、思いもしなかったっけ。あの連中はどうしようもない奴らだったけど、こんな数奇な出会いをさせてくれた切っ掛けになった事だけは感謝したい。あの後独房に連行されて、処刑されたのかも知れないけどさ。

「では、そろそろ参りましょうか。あまり待たせては、ツバキ様が頬を膨らませてしまいます」

「だな。じゃ、行って来る。夜は戸締りを忘れるなよ。泥棒が入って来たら事だからな」

「その時は私が撃退するね。ご主人様、気を付けていってらっしゃい！」

「ご無事をお祈りしております」

我が家の頼りになる守護神達に見送られながら、俺達は転移門が展開したゲートの中へと歩みを進める。

「ああ、任せておけ。俺が恐れるもんなんて、この世にそんなにはないからな！」

ゲートを潜る直前に振り向いて、２人にそう叫ぶ。そんなにって、それは頼りになる発言なのかしらと、何とも言えぬ苦笑いを返されてしまった。おかしい、正直に言ったつもりなんだけど。ほんの僅かな勇気を振り絞って、格好を付けてみた結果があの台詞だったんだけど……

っと、心を挫《くじ》くにはまだ早い。あっちに到着したら、トラージの港での乗船が待っているんだ。出航の大事な時に、ツバキ様に変な顔は見せられないぞ。そう気持ちを切り替えて向かった先、そこには――

「あらん？　やーん！　ケルヴィンちゃんじゃなーい！　元気ぃ!?」

――ギュッ（はぁと）と、ダイナミックでデンジャラスな抱擁が待っていた。

「おおう……」

「ああっ！　兄貴、狡《ずる》い！」

ごめん、嘘《うそ》ついた。俺、まだ怖いものあったわ。唐突なプリティアちゃんとの接触は
ジェラール同様、一向に慣れる気がしないわ。

あとがき

『黒の召喚士13　竜王の加護』をご購入くださり、誠にありがとうございます。そろそろ外を謳歌《おうか》したい迷井《まよい》豆腐《どうふ》です。WEB小説版から引き続き本書を手にとって頂いた読者の皆様は、いつもご購読ありがとうございます。

13巻は何かと竜に纏《まつ》わる方々が登場します。ムドファラクなんて表紙デビューを果たしちゃって、私も何だか感慨深い。いやー、ムドを初めて登場させた頃の豆腐は、果たして彼女がここまで美少女になる事を考えていたんだろうか？　今の私がそう考えてしまうくらいに、正直怪しいところです。まあ良いじゃない。可愛《かわい》いんだもの。13巻は大体そんな感じの巻。

最後に、本書『黒の召喚士』を製作するにあたって、可愛く格好良いドラゴンズを描いてくださったイラストレーターの黒銀様とダイエクスト様、そして校正者様、忘れてはならない読者の皆様に感謝の意を申し上げます。それでは、次巻でもお会いできることを祈りつつ、引き続き『黒の召喚士』をよろしくお願い致します。

迷井豆腐

OVERLAP

黒の召喚士 13
竜王の加護

発　　行　2020年10月25日　初版第一刷発行

著　　者　迷井豆腐
発 行 者　永田勝治
発 行 所　株式会社オーバーラップ
〒141-0031　東京都品川区西五反田7-9-5
校正・DTP　株式会社鷗来堂
印刷・製本　大日本印刷株式会社

Printed in Japan ISBN 978-4-86554-762-7 C0193